KB008869

DREAMBOOKS

신수의 주인

태선 판타지 장편소설

ORIGINAL FANTASY STORY & ADVENTURE

신수의 주인 5

초판 1쇄 인쇄 2017년 4월 21일
초판 1쇄 발행 2017년 5월 2일

지은이 태선
발행인 오영배
기획 박성인
책임편집 김규영
일러스트 EMJE
제작 조하늬

펴낸 곳 (주)삼양출판사 · 드림북스
주소 서울시 강북구 도봉로 173
대표 전화 02-980-2112 **팩스** 02-983-0660
편집부 전화 02-980-2116 **팩스** 02-983-8201
블로그 blog.naver.com/dreambookss
출판등록 1999년 3월 11일 제9-00046호

ISBN 979-11-313-0665-9 (04810) / 979-11-313-0660-4 (세트)

+ 이 도서의 국립중앙도서관 출판시도서목록(CIP)은 서지정보유통지원시스템홈페이지(http://seoji.nl.go.kr)와 국가자료공동목록시스템(http://www.nl.go.kr/kolisnet)에서 이용하실 수 있습니다. (CIP제어번호: 2017009466)

ORIGINAL FANTASY STORY & ADVENTURE

태선 판타지 장편소설

신수의 주인 5

dream
books
드림북스

목 차

Chapter 1

하얀 육식동물의 백색 감옥

1.

햇살이 속눈썹에 닿아 부서진다. 새가 지저귀는 소리가 들렸다. 머리가 지끈거린다. 운동 삼아 끝에서 끝까지 달려도 될 것 같은 거대한 침대 위에 나 홀로 표류해 있다.

'엘은……?'

간밤에 술을 너무 많이 마셨다. 그도 그럴 것이 당연하지 않은가. 그가 천년왕이라는 것을 알게 되고 그동안 날 속여 왔다는 것에 삐쳐서—물론 진짜로 크게 화가 난 건 아니었다.— 그의 정강이를 세게 걷어찼다. 그게 다였다. 그냥 웃고 떠들고 술이나 마시고, 즐거운 한때를 보냈다.

'아리네스는 뭘 그리 걱정했는지, 원.'

아리네스는 엘의 정체를 몰랐던 걸까? 아니면 내가 모르는 다른 면이 있는 건가.

'에구구, 술에 취하다니.'

물의 힘과 공명해 몸이 바뀐 이후로는 아무리 마셔도 좀처럼 취하는 법이 없었다. 그런데 대체 술이 얼마나 독했던 걸까. 목구멍으로 알코올이 역하게 올라온다. 위에 구멍이라도 뚫린 것처럼 시큰시큰하다. 오랜만의 숙취다. 그것도 제대로 왔다. 머릿속 난쟁이가 두개골에 톱질을 하고 있다. 고작 몸을 뒤집었을 뿐인데 죽을 맛이다.

오바이트가 밀려온다. 변기라도 붙잡고 토해야겠다.

그러기 위해서는 이 거대 침대 평원에서 벗어나야 한다. 나는 몸을 억지로 일으켜 구르다시피 빠져나간다. 슬리퍼에 발을 집어넣으려다가 미끄러진다.

쿵!

그 순간, 위액도 함께 방출된다.

'으, 으어어억!'

돌겠다. 누가 봐도 훌륭한 알코올 중독자 아닌가!

'치, 치워야 하나. 아니 그 전에, 마저 토하려면 화장실에라도 가야…….'

뭘 하고 싶어도 힘들다. 머릿속 톱니바퀴 사이에 숙취가 덕지덕지 끼어 있었으니까.

그때 문이 열렸다. 벙어리 메이드들이다. 그녀들은 나를 향해 고개를 꾸벅 숙였다. 그러더니 신속하게 바닥을 치우기 시작했다.

대공의 하녀들도 프로 정신이라면 어디 가도 안 뒤질 정도였는데, 천년왕의 정식 메이드들은 더하면 더했지 덜하지 않다.

다른 한 메이드가 내 무릎을 보더니 연고를 꺼내고 침대를 가리킨다.

무릎이 까졌는지 피가 났다. 초고열 대장간에서 어린아이 몸무게만 한 망치를 하루 종일 휘둘러도 멀쩡한 육체다. 고작 이런 상처에 피까지 나다니, 별일이다.

지시대로 침대에 앉자 연고를 상처에 바른다.

"아, 씁!"

갑작스러운 고통에 침대 기둥을 나도 모르게 강하게 쥐었다. 실수다. 오자마자 침대 기둥 하나 박살 내고 시작하는구나. 그래도 왕씩이나 돼서 쩨쩨하게 물어내라고 하진 않겠지.

이런 생각을 하고 옆을 돌아보았다.

이상했다. 그렇게 힘껏 쥐었는데 침대 기둥이 멀쩡했다.

메이드가 연고를 바른 곳도 그랬다. 이 정도 가벼운 상처면 이미 새살이 올라왔어야 했다.

하지만 여전히 무릎에는 빨간 피가 차올라 있다.

'뭐지?'

주먹을 쥐었다 펴길 반복한다. 주먹에 내력을 집중해 보지만 아무것도 맺히지 않았다. 급한 마음에 침대 기둥을 후려친다.

쿵!

부서지지 않는다. 오히려 주먹만 더 아팠다. 시녀들이 깜짝 놀라서 나를 바라본다. 이렇게 쳤으면 나무가 아니라 바위여도 가루가 되어야 옳았다. 그러나 부러진 건 내 주먹이다.

"큭, 아악!"

눈을 감는다. 내 안의 마력을 느낀다. 아무것도 없었다. 돌이 되어 단단해진 단전에서는 무엇도 나오지 않았다.

시녀들이 우왕좌왕하며 붕대와 약을 챙긴다. 심지어 진통제 삼아 양귀비 물까지 들고 온다.

"괜찮, 크으…… 괜찮아요."

내가 거부해도 그녀들은 물러나지 않는다. 치료할 때까지 자리를 떠나지 않을 요량이다.

결국 나는 손을 내밀었고, 그녀들은 부목을 대고 약을 바르고 붕대를 감기 시작했다.

인정해야 했다. 나는 어째서인지 평범한 여자의 몸으로 돌아왔다. 아니다. 돌아왔다는 말에는 어폐가 있다. 내 나이 다섯 살 때부터 이딴 나무 정도는 수수깡처럼 부러뜨릴 수 있었으니까.

평범한 여자의 몸에 '갇혔다.'

짐작 가는 원인이야 결국 하나밖에 없다. 엘, 그 사람이 해답을 갖고 있겠지.

'뭐가 뭔지.'

날개가 꺾인 기분이다. 힘이 사라졌다는 게, 침대 기둥에 주먹질을 해도 안 부서진다는 사실이 이렇게까지 불안한 일일 줄은 몰랐다.

'그를 만나 봐야겠네.'

그 생각과 동시에 참았던 위액이 다시 역류했다.

그녀들은 놀라지도 않고 능숙하게 내 등을 두드렸다.

2.

마력을 돌려 알코올을 해독시켜 보려 수없이 시도했다. 그러나 내력이 응답하지 않았다. 내 안 어디에도 힘은 느껴지지 않는다.

'와, 정말로 평범한 인간의 육체.'

회복력도 돌아오지 않았다. 응급처치 이후로 최상급 포션까지 들고 와서 쓰려는 걸 한사코 거부했더니, 그녀들은 마지못해 결국 돌아갔다.

저거 하나에 집이 몇 채다. 전투 중도 아니고 죽을 상처도 아닌데 고작해야 손가락 하나에 집 몇 채를 붓고 싶진 않았으니까.

'발라 주는 연고 자체도 보통 연고가 아닌 것 같고.'

분명 아리네스의 마법 연구소에서 나온 것들이겠지.

그때 노크 소리가 들렸다. 들어오라고 답하자 못 보던 시녀가 걸어왔다. 그녀는 눈을 감고 있었다.

"안녕하세요. 알테리온 예비(豫妃)."

그녀의 성대에는 지진 자국이 없었다. 갈색 머리카락에 깨끗한 피부를 갖고 있었는데, 보통 시녀들과는 달리 손톱이 상처 하나 없이 가지런했다. 무엇보다 시녀들 중에서 말을 할 수 있는 사람은 처음 본다.

"저는 라델 오스번이라고 합니다. 말벗이 되어 드리라는 어명을 받고 왔습니다."

예비? 처음 듣는 단어다. 왕실과 관련된 직책에 관해서는 전부 외웠지만 예비라는 단어는 모른다.

"예비요?"

"아, 외지에 오셨으니 모르시겠군요. 알타미르에서 정식으로 왕비가 되시기 전까지 내정되어 있는 분을 일컫는 말입니다."

당연히 모르지. 보통은 사용될 일도 배울 일도 없는 말 아닌가. 게다가 천년왕의 왕비? 내가 엘과 결혼해?

'이게 무슨…….'

문득 그가 과거 내게 물어봤던 말이 생각났다. 왕비가 되고 싶지 않느냐는 질문.

나는 격하게 고개를 저었다.

"뭔가 착오가 있는 것 같습니다. 저는 그런 이야기를 전혀 듣지 못했는걸요."

"저희 아랫것은 모르는 일입니다. 분명 전하께서는 알테리온 영애를 예비로 대하라 하셨습니다."

"예비 지위로 대하라는 거지, 결혼을 한다는 말은 없었고요?"

내 말에 그녀가 고개를 끄덕였다.

"그런 말은 달리 없었습니다."

일종의 국빈 대우 같은 걸까? 아니면 진짜로 다른 속셈이 있는 걸까. 아아, 머리가 아파 온다.

"라델 양, 그 사람이 예비로 대하라고는 했지만 편히 말

씀해 주셨으면 좋겠어요."

"어찌 그런……."

"제가 불편해요."

그녀는 망설이다 수줍게 최상급 포션을 꺼냈다. 말은 하지 않았지만 뜻은 알 것 같았다. 이걸 마시는 게 조건이라는 건가.

'만만치 않네.'

이 성에서 유일하게 말할 수 있는 사람인 만큼 보통은 아닐 거라고 예상하긴 했지만.

"예비라고 부르는 대신 아가씨라고 부르세요. 이건 명령입니다. 귀찮은 예법도 전부 생략하시고요."

그녀는 대답 없이 망설였다. 예비 지위로 대하라고 했으니 내 명령을 듣기는 해야 한다. 거기다가 명령을 거부해 내가 치료를 받지 않으면 그녀의 입장이 곤란해진다.

이럴 경우 알타미르의 예법상 실례가 아니다. 그녀가 고개를 끄덕였습니다.

"알겠습니다. 그러면 치료를."

나는 최상급 포션을 받았다.

'거기다 성이 붙어 있는 걸 봐서는 그녀도 평범한 신분은 아니라는 것.'

그녀가 방긋 웃으면서 내 팔의 붕대를 풀기 시작했다.

거래 성립.

3.

내 예상대로 그녀는 오스번이라는 꽤 이름 있는 집안의 둘째 여식이다. 날 때부터 앞을 볼 수가 없었기에 정략결혼으로 팔기에는 가치가 낮았고, 그렇다고 노처녀로 내버려 두자니 세상 사람들의 눈이 두려웠던 모양이다.

"그래서 시종으로 들어오는 경우도 많답니다. 아가씨."

알타미르에서 천년왕은 인간이자 신과 같은 존재였으니, 왕께 충성하기 위해 딸을 시녀로 보낸다는 건 꽤나 좋은 핑곗거리다. 가슴이 답답하다. 안쓰러운 마음에 그녀의 손을 붙잡았다.

"힘들지 않아요?"

"카이 아가씨는 보통 귀족들과는 다른 모양이니… 비밀, 지켜 주실래요?"

눈치를 보니 어디든 털어놓고 싶었던 모양이다. 나는 고개를 끄덕였다.

"당연하죠."

내 말이 끝나기가 무섭게 그녀는 소매를 올렸다. 그곳에는 화상 자국이 길게 이어져 있었다.

"남동생이 끓는 물을 부었어요. 아, 여기도."

그녀는 스커트를 조금 걷어 무릎을 보여 주었다. 그곳 역시 같은 화상 자국이 이어져 있었다.

"유일한 아들이고 집안의 폭군이었으니까요. 아실 테지만 어떤 집안에 매인 사람들에게 있어 유일한 아들이란……."

"……왕이자 신이죠."

그게 그녀가 하급 기사에게도 팔려 나가지 않은 이유였다. 장애를 가지고 있다고 해도 이름 있는 가문의 딸. 보잘 것없는 가문의 기사에게 정략결혼이라도 시킬 수 있었다. 눈이 멀었다고는 하나 하인들이 집안일을 대신 할 테니까. 그러나 몸에 수없이 나 있는 화상이며 흉터 자국은 이야기가 다르다.

"사교계에 오스번 가문 후계자의 성품이 알려져서야 좋을 건 없거든요. 그러니까… 네, 그런 거죠."

내 손 아래, 그녀의 손이 작게 떨린다. 안타까운 마음 반, 그녀에게 이런 짓을 한 사람에 대한 분노가 반이다. 그녀가 말을 이었다.

"저는 행복해요. 여기는 보수를 받고 정해진 일만 하면 되고, 내게 뜨거운 물을 붓는 사람도 없으니까요. 집사님이

깐깐하고 말벗이 적은 건 심심하지만요."

집사님? 한 번도 본 일이 없었다. 하긴 성이라면 마땅히 집사가 있어야 했다.

"성대를 지진 흔적이 있는 분들은요? 그분들이라고 태어날 때부터 벙어리는 아니었을 거잖아요."

"집안에서 과잉 충성을 하거나, 하류층 출신이라서 집에 돈을 보내기 위해서 그녀들 스스로 하는 경우도 있어요. 물론 말 못 할 비밀을 안고 오는 분도 있고요."

그녀가 말했다.

"슬퍼하시는군요. 심장 소리가 달라졌어요."

"그런 걸 들을 수 있나요?"

"이곳의 시녀들은 모두 특별한 걸 배운답니다. 앞을 보지 못해도, 듣지 못해도, 말하지 못해도 보통 사람과 똑같아요. 어쩌면 그 이상의 것을 얻기도 하지요. 이게 다 천년왕 전하의 은혜랍니다."

뭔가 시종들에게만 가르쳐주는 비의(祕義)가 있는 건가. 하긴 제국 황성만 해도 마력을 익힌 암살자들을 막기 위해 시종들에게 암기술을 가르친다. 여기도 뭔가 가르쳐주는 게 있는 모양이다. 그녀가 말을 이었다.

"거기다가 월급도 좋고, 노쇠하여 은퇴하면 왕실 감독하에 꽤 좋은 저택이 주어지고요. 그런 식으로 시녀들이 은퇴

한 역사가 800년이나 되다 보니 아예 작은 동네까지 이뤄서 지내고 계시더라고요."

그녀는 황홀한 얼굴로 두 손을 모은다. 천년왕, 인간이면서도 신인 존재.

제국과 동등한 위치에서 별 다툼 없이 천 년에 가깝게 통치를 했고, 그럭저럭 선정에 가까운 치세를 보였다.

그 인간이 엘이라니. 매칭이 되지 않는다.

나는 그녀와 몇 번 잡담을 나누다가 다시 침대에 누웠다.

마음이 복잡하다. 엘은 대체 어디에 있는 걸까.

4.

그 밤, 처음 엘을 보았을 때 얼마나 놀랐는지 모른다. 물론 엘이 인간이 아니란 건 알고 있었고, 뭔가 아카넬에 필적하는 비밀이 있다는 것도 알고 있었다. 일단 아카넬 대공이 드래곤이니 엘도 뭔가 비슷한 '무언가' 일 거라고 생각했던 것이, 두 사람이 싸울 때 엘이 밀린다는 느낌은 전혀 들지 않았으니까.

발밑이 무너지는 기분이 들었다. 새하얀 궁전에는 새카만 비밀이 들어 있었다.

그때 엘이 말했다. '계속 속여서 미안하네요.' 라고.

처음부터 그가 인간이 아니라는 건 눈치채고 있었다. 그러나 이곳에는 얼마나 더 많은 어둠이 있는 걸까.

나는 눈을 감았다.

퉁.

얼마나 시간이 지난 걸까. 꿈과 현실의 해안선에서 철의 소리가 들렸다. 내가 만든 검이 우는 소리. 나는 내가 만든 모든 검이 어떤 식으로 울고 있는지 알고 있다.

눈꺼풀을 천천히 반개하니 그곳에는 은색의 남자가 앉아 있었다. 그는 내가 만든 검, 스톰 브레이커의 투명한 검날을 손톱으로 튕겼다.

퉁.

검은 주인의 손에 따라 낮은 목소리로 울었다. 그러나 그 목소리는 처음 만들었을 때와 사뭇 달랐다.

"누굴 죽이고 온 거예요?"

"기껏 만들어 준 칼이니까요. 제 구실을 하게 해야죠."

검은 사람을 죽이기 위한 도구다. 그와 장인 그레이가 겹쳐 보였다. 나는 시선을 돌렸다.

"쓸 만한가요?"

"균형감과 절삭력, 탄성까지 흠잡을 데 없었습니다. 투명한 칼날이니 적이 거리를 가늠하기도 힘들어 보였고요.

무엇보다 아름답더군요. 사람을 찌를 때조차도."

"예장용 검이잖아요."

"그래도 당신은 진짜 검을 만들었죠. 벽을 장식하는 게 아니라 생명을 끊을 수 있는 검."

그건 맞다. 대장장이의 호기라고 해도 틀린 말은 아니다. 내 실력을 보여 주고 싶었다. 이만한 아름다움으로 이만한 강함을 구현할 수 있음을 아낌없이 보여 주고 싶었다. 억눌려 왔던 그 모든 것을 부수고 싶었다.

그는 내 쇄골에 고인 달빛을 바라본다. 내가 작게 숨을 토하는 모습을 음미하듯 지켜보았다.

"제 성은 어때요?"

나는 답했다.

"아름답네요. 그러나 힘이 사라졌더라고요."

"평범한 여인의 몸에 갇혔죠."

"왜 이렇게 된 거죠?"

엘은 검을 집어넣는다. 그러고는 침대 위에 걸터앉는다.

"제가 있는 곳이니까요."

이해하기 어렵다.

"아카넬 대공도 드래곤이지만 그의 저택에 간들 제가 힘을 못 쓰진 않아요."

"아카넬, 아니 드래곤 아크란의 집은 여기가 아닌 영지에 있는 레어이지 이런 별장이 아닙니다요. 거기다가 저는 드래곤이 아닌걸요."

수수께끼 같다. 그러나 확실한 건 하나 있다. 내 본래 힘을 찾기 위해서는 이곳을 떠나야 한다는 것. 나는 몸을 일으켰다.

"잘 지냈으니 이제 돌아가고 싶네요."

"좀 더 있어요. 카이 양."

그가 내 어깨를 붙잡아 내린다. 평소라면 내력을 끌어 올려 주먹부터 날렸겠지만 지금은 힘이 응답하지 않는다. 그도 그걸 알고 있는지 강하게 붙잡아 내리지는 않는다. 그러나 눈앞에 있는 건 사람의 형상을 한 맹수다.

그가 여기서 팔에 조금만 힘을 주면 내 양팔은 셀러리 줄기마냥 뜯어질 거다. 남자라는 게 이렇게 위압감을 가질 수 있는 존재던가. 솜털이 곤두선다.

"예비라는 소리를 들었어요."

"아, 선물이 있어요."

그는 침대 아래에서 고급스러운 상자를 꺼내 내게 건넨다. 붉은색 벨벳 위에 은색 호랑이가 수놓아져 있었다. 왕실의 상징이었다.

상자의 양 모서리는 백금으로 장식했고, 경첩에도 호랑이가 새겨져 있었다. 이미 상자만으로도 국보급이다. 부담

감이 팔을 누른다. 억지로 뚜껑을 열었다.

아아, 그 안에는 수만 개의 무수히 많은 다이아몬드로 만든 티아라가 들어 있었다. 티아라의 정중앙에는 사파이어가 박혀 있는데, 내 눈동자 색과 똑같았다.

"주문 제작을 했네요. 티아라 자체에도 마법을 넣었고요. 들어간 마법이 몇 가지죠?"

엘이 꿈을 꾸듯 속삭인다.

"열두 가지."

"왜 이걸 제게 주는 거죠?"

내 질문에 그는 질문으로 답한다.

"세계의 모든 보석을 갖고 싶지 않아요?"

"관심 없어요."

"세계의 모든 영토는요."

"제 한 몸 누울 땅이면 충분해요."

"세상 모든 이가 당신의 이름을 알게 될 텐데요?"

"관심 없네요."

엘은 웃었다. 한참을, 한참을 그렇게 맑게 웃는데 그냥 미친 사람 같아 보였다.

그래, 지금 나는 생애 두 번째 프러포즈를 받고 있다. 하나는 대공이었고, 하나는 눈앞에 있는 천년왕이다. (리버에게 받은 건 엄연히 말해 결혼을 전제로 한 프러포즈는 아니었으니 빼도록 하겠다.)

아무튼 둘 다 인간이 아니어서인지 케이크 속에 반지를 넣거나, 한쪽 무릎을 꿇고 '내 그대를 평생 공주처럼 대해 주겠소.' 하는 달콤한 말을 속삭이는 일은 없었다.

하나는 얼굴도 가물가물한 아버지와의 맹약을 지키기 위해 왔노라고 하고, 다른 하나는 세상의 모든 보석과 땅과 명성을 주겠다 한다.

그 안에는 마땅히 인간이라면 느낄 법한 감정의 공감이나, 마땅히 있을 남녀의 화학 반응이 배제되어 있다.

물론 그런 게 있었다고 하더라도 거절했을 거다. 나는 그를 사랑하지 않는다.

대공 역시…… 마찬가지고.

"제가 무슨 대답을 할 거라고 생각합니까?"

"거절하겠죠."

긍정의 의미로 상자를 닫아 그에게 밀었다. 나라고 욕심이 안 나는 게 아니다. 방금 그 티아라는 평생 한 번 만져 보는 게 소원일 정도로 대단했다. 누가 만들었는지, 그리고 어떻게 만든 건지, 그 과정이 몹시도! 미친 듯이! 궁금하다.

그러나 그게 결혼의 대가는 될 수 없다.

"알면서 왜 그러신 겁니까."

"잊어버렸어요. 돈도 영토도 명예도 관심이 없는 사람을 설득하는 방법. 분명 옛날의 저는 알고 있었던 것 같아요. 그런데 인간의 몸으로 너무 오래 살아 버렸어요. 기억이 안 나요."

그가 침대 위로 올라온다. 그러고는 나를 눕혔다. 그의 팔 안에 갇혔다. 그의 숨결이 내 뺨을 쓸고 내려간다.

"어떻게 하면 당신을 얻을 수 있나요. 카이 양."

그가 내 손가락에 자신의 손을 얽는다. 엘은 말을 이었다.

"분명 소중한 기억인 것 같은데 말이죠. 당신 같은 사람을 얻는 방법이요. 저 굉장히 잘했던 것 같아요. 제 주변에 한 명의 소녀와 열두 명의 친우가 있었어요. 그 친구들 모두 당신 같은 사람이었죠."

"팔백 년 전 이야기죠?"

"네. 그때는 즐거웠던 것 같아요. 여자를 취하지 않아도, 약을 하지 않아도, 사람을 죽이지 않아도 늘 즐거웠어요. 그런데 지금은 기억이 안 나."

밤을 타고 그의 눈동자에 달이 떴다. 어둠 속에서 그의 눈동자만 빛났다. 어두운 숲 속, 조우했던 그 맹수처럼 그는 나를 바라보았다. 목덜미를 타고 소름이 돋았다. 그러나 그와 동시에 어쩐지 그가 미치도록 외로워 보였다.

도망치고 싶다는 마음과 저 눈가를 쓰다듬어 주고 싶다

는 마음이 충돌했다.

"어떻게 하면 당신을 가질 수 있나요."

"누군가가 다른 누군가를 소유한다는 건 불가능합니다."

"저는 늘 가졌는데요?"

"가진 게 아니에요. 그저 곁에 있어 준 거죠."

엘은 망설인다. 그러고는 물었다.

"계속 곁에 있어 줄 겁니까?"

"왕비가 될 생각은 없는데요."

"그러면?"

"친구라면……."

내 대답에 그가 슬프게 미소 지었다.

"그건 싫습니다."

그러고는 물어뜯듯이 내 입술에 키스한다. 나는 고개를 돌려 그의 입맞춤을 피한다. 왠지는 모르겠다. 저 망나니가 조급해하는 것 같은 기분이 들었다.

"이곳은 당신의 운명 공동체 리치도 오지 못해요. 여기는 제 둥지니까요. 무슨 짓을 당해도 아무도 도와줄 사람이 없는데 어떡하죠?"

아마 내가 겁을 내길 원하는 것 같다. 뭔가 감정의 동요를 보이길. 그는 사람의 마음을 얻는 법은 몰라도, 사람의 약한 곳을 파고들 줄 아는 짐승이니까.

그의 손이 내 목덜미를 쓸었다.

그의 손끝을 타고 뜨거운 전기가 오른다. 그가 다시 내 입술에 입을 맞춘다. 아니, 맞추려고 한다. 내가 답했다.

"박치기할 겁니다."

"네?"

"제가 얼마나 머리가 단단한지 궁금하지 않으십니까? 내가 마력은 없어도 댁 머리 하난 쪼갤 수 있어요."

나는 눈이 터져라 그를 노려보았다. 내 협박(?)에 엘이 그만 웃음을 터뜨렸다.

"대체 당신은 뭘 원하는 거예요? 인간이라면 욕망하는 게 있을 거 아니에요."

원하는 거야 많다. 순도 높은 강철, 폭신한 오리털 이불을 원한다. 연구소에서 나왔다는 신식 연마제도 원하고 대륙 구석구석 퍼져 있는 각 공방들의 비전 기술도 궁금하다. 청안이 갓 구워 준 과일 파이를 원한다. 갓 딴 산딸기나 잘 익은 체리가 곁들어져 있으면 금상첨화다.

그뿐인가. 또 신발 밑창이 닳았는데 새 신발을 원한다. 장인이 와이번 가죽으로 만든 최고급품이 갖고 싶다. 나는 욕심쟁이니까. 원하고, 원하고 또 원하겠지.

"적어도 제 욕망 리스트에 당신은 없네요."

내 말에 그가 한 대 맞은 표정을 지었다. 그래도 어쩔 수 없다. 거절은 칼처럼 하는 게 서로에게 좋다. 지난번 리버 일을 겪으면서 절실하게 느꼈다.

왜 사람 마음을 불이나 바위가 아니라 물에 비유하는지 깨달았으니까.

'후우.'

엘은 손을 뻗어서 내 뺨을 쓸었다. 그의 손등이 관자놀이 위로 미끄러진다.

"대체 절 얼마나 차야 속이 시원하시렵니까, 레이디 알테리온."

"당신이야말로 왜 그리 저에게 집착하시는데요."

저 왕관을 위해 목숨이라도 걸 사람이 이 성 밖에 모래처럼 차인다. 일렬로 줄을 세운다면 대륙 끝에서 끝까지 한 바퀴 돌아올 거다.

"글쎄요. 왜 당신일까요. 귀염성이라고는 하나도 없는 여자인데."

그의 손가락이 내 눈가를 문지른다. 손끝의 온기가 달콤했다.

"애교 안 부릴 거죠?"

손가락이 마침내 내 입술로 넘어온다. 음탕한 손놀림에 나는 그의 손가락을 꽉 깨물었다. 핏물이 잇새로 스며들었다.

"천년왕도 피 맛은 사람과 똑같네요."

"사람의 형상이니까요. 그런데 방금 그거 애교였어요? 와, 두 번 애교 부렸으면 손가락 잘라 먹겠네."

"왜요. 개처럼 짖기라도 해 드려요?"

"그것도 나쁘지 않죠. 짖어 봐요. 성의를 봐서 집으로 보내 드릴게."

그는 보란 듯이 내 턱을 긁었다.

'과연 진짜일까? 내가 짖는다면 그가 나를 집으로 보내 줄까.'

그의 말은 언제나 농담인지 진담인지 구분하기가 어려웠다.

5.

"늦어."

서쪽 황야의 모래는 철분이 많았다. 산화된 철분은 언제나 붉은빛을 만들었다. 붉은 모래 위로 노란 풀이 이어진다. 이 지역 사람들은 이 노란 풀 아래에 사는 도마뱀을 주식으로 먹는다. 불에 익으면 마치 생선살처럼 촉촉해지는데, 이 근방을 지나는 상단들도 모닥불 근처에 삼삼오오 모여 별식 삼아 구워 먹곤 했다.

“너는 언제나 늦어. 아카넬 아르노크, 아니, 블랙 드래곤 아크란.”

노을이 지면 붉은 대지만큼이나 하늘이 익는다. 이 시간이 되면 여행객들은 발을 멈춘다. 거리 감각을 상실하기 때문이다. 어디까지가 지평선인지, 어디서부터가 하늘인지 구분이 가지 않았기에.

그러나 오늘따라 유독 구분이 가지 않는 것은 대지가 이미 끓어오를 대로 끓어올랐기 때문이리라.

붉은 모래 위로 화염이 질주한다. 살아 있는 것은 어디에도 없었다. 유목민들도, 수백 마리의 양 떼들도, 수천 마리의 물소들도 없다.

아크란은 대지에 내려앉았다. 화염이 그의 옷을 태웠지만 그는 드래곤의 모습으로 돌아가지는 않았다. 그건 너무나도 눈에 띄는 일이고, 자칫 힘을 개방했다가는 애써 이서릴이 구축한 결계를 부수는 짓이 될 수도 있었으니까.

“어떻게 된 거지?”

“몰라. 돌아오니 이미 미쳐 있었어. 결국 나는 진짜 힘을 개방해야 했고.”

아크란의 발밑에는 어린 드래곤이 누워 있었다. 어리다고는 하나 갓 독립한 드래곤, 집 한 채 크기는 충분히 되고도 남음이다.

레드 드래곤 데카드.

이미 죽었음에도 녀석이 만든 화염이 대지를 태운다. 아크란은 놈의 목에 손을 가져다 대 본다. 맥은 뛰지 않지만 피는 뜨겁다. 화염을 다루는 레드 드래곤답게.

"성년 드래곤씩이나 돼서 정신 지배 마법에 걸리진 않았을 거고, 용언으로 말한 맹약이라도 깬 건가?"

신의 힘을 가진 드래곤들에게 맹약은 중요하다. 용언으로 말한 약속은 무슨 일이 있어도 지켜야 한다. 만약 그것을 어기게 되면 언어는 그에게서 등을 돌린다. 문자의 축복이 사라지고 나면 그 자리에 있는 건 세상에서 가장 지혜로운 자가 아닌 세상에서 가장 미친 짐승이 된다.

피아를 구분하지 못하는 드래곤은 주변을 태우고 모든 것을 죽인다. 동족이 그를 죽이러 올 때까지.

용언의 맹약을 깼다는 건 그런 의미다.

"누이는 남자의 모습이군."

"나는 전투 전문이 아니라고. 이럴 땐 남성체로 싸워야 해. 뭐, 너라면 살점 하나 남기지 않고 으깼겠지만."

암컷 드래곤 이서릴은 여성이 아닌 남성의 모습으로 서 있다. 어차피 마법이다. 영원을 살아가며 무슨 모습이든 변할 수 있는 드래곤에게 있어서 성별은 크게 상관없는 일.

"왜 광룡이 되었는지는 결국 아무도 모르는 건가."

"처음부터 날 부른 건 이 녀석이야. 도착하니 이렇게 되어 있었고."

"왜 부른 거지?"

"재미있는 걸 발견했다고 했어."

아크란은 고민에 빠진다. 이서릴이 말했다.

"자, 추리는 나중에 하시고. 그러면 어떡할 거야? 우리끼리라도 장례를 치러 줘야 하나?"

"그래야겠지. 불에서 태어난 화룡은 불로 되돌리는 게 법도니까."

아크란이 미쳐 죽은 동족의 몸에 손을 댄다. 그러자 새카만 불꽃이 일어나 사체를 태우기 시작했다. 이서릴이 휘파람을 불었다.

"화염 마법이 제법이네. 아무리 죽었다고 해도 화룡은 화룡. 주문도 없이 화룡을 태울 정도의 불을 만들 수 있다는 거야?"

"……."

아크란은 대답하지 않았다. 검은 화염은 깊게 퍼져 나갔다. 드래곤의 사체는 그 자체만으로도 엄청난 보물이다. 비늘로 갑옷을 만들면 어떤 마법이라도 막아 낼 수 있고, 심장은 마왕을 소환할 수 있을 만큼 강대한 마력을 품고 있다. 뼈는 드래곤 슬레이어의 재료이며 피와 살점은 불로불사의 묘약을 만드는 데 사용된다.

살점 하나, 뼈 하나 남기지 않고 태운다. 누구의 손에도 들어가지 않도록 온전히.

이윽고 검은 화염이 모든 것을 태우자 남자는 마법을 해제했다. 문득 발아래, 동족의 시신이 있던 자리를 보니 단검 한 자루가 놓여 있었다. 용의 몸체에 비해 너무나도 작았기에 볼 수 없었던 물건이었다.

"음, 이런 게 몸에 꽂혀 있었다는 거야?"

아크란은 그것을 집어 들었다. 칠흑빛의 검날이다. 손잡이부터 혈조까지 그 어디에도 장인의 이름을 짐작할 만한 건 들어 있지 않았다.

'단서인가.'

어쩐지 섬뜩한 느낌이 들었다. 같은 명검이어도 카이가 만든 검과는 전혀 다른 감각이었다. 아크란은 어쩐지 누군가가 자신의 무덤 위를 걷는 것 같은 기분이 들었다.

"마법 검이야?"

"그런 부분은 느껴지지 않는다. 염원이 걸려 있군."

"염원? 이상한데."

이서릴이 생각에 잠긴다. 그가 말했다.

"어차피 물어볼 사람은 단 한 명뿐이지."

아카넬은 몸을 돌린다. 순간 이동을 준비하자 이서릴이 당황한다.

"자, 잠깐만. 로드한테 보고는?"

"누이가 하면 될 일 아닌가."

"로드는 네가 직접 하길 원해. 설마 요즘 호출에도 응하지 않는 게 그 인간 계집 때문이란 말이 사실이야?"

아카넬은 대답하지 않는다. 이서릴은 힘을 뻗어 아카넬의 마법 발동을 억누른다.

"대답해! 설마 고작 인간 계집에게 마음을 준 건 아니겠지? 평범한 유희용 장난감 맞지?"

"……."

이번에도 그는 대답하지 않는다. 그저 손을 들어 이서릴의 힘을 쳐 낸다. 너무나도 쉽게.

그의 몸이 사라지는 걸 바라보며 이서릴은 황망하게 중얼거렸다.

"이건 말도 안 돼."

피로하다. 뇌가 녹슨 경첩이 되어 움직일 때마다 머릿속을 삐걱삐걱 울린다. 아카넬은 하녀에게 코트를 넘긴다. 집사가 밖에서 온 여러 전갈들을 전하려 했지만 그는 손을 들어 제지했다.

"혼자 있고 싶군."

그는 그리 말하고 서재로 향했다.

문을 닫고 의자에 몸을 파묻는다. 서랍 안쪽에서 담배를 꺼내 입에 문다. 불을 붙이려다가 멈춘다. 그는 돌아보지도 않고 말했다.

"무슨 일이지?"

그의 의자 그림자에서 새카만 고양이가 걸어 나온다. 이윽고 그것은 사람의 형상이 되었다.

"눈치챈 거야?"

"여기는 내 집이다. 눈치 못 챌 리가 없지."

리버는 그런 아카넬을 보며 웃었다. 아카넬은 손가락으로 작은 어둠을 만들어 낸다. 그것은 공허 그 자체였다. 빛도 어둠도, 선도 악도 없는 허무의 구.

"싸우자고 온 건 아닐 테고."

리버는 자신의 그림자에서 지옥의 불꽃을 소환한다.

'나, 참. 오늘 굉장히 기분 나쁜 일이 있었던 모양이네.'

아카넬이 만들어 낸 허무의 구체든 리버가 불러낸 지옥의 겁화든, 제어를 푸는 순간 이 일대는 먼지로 변한다. 그걸 먼저 꺼낸 건 아카넬이다. 자신은 몸을 보호하기 위해 어쩔 수 없이 대응했을 뿐이라고, 리버는 속으로 생각했다.

"무슨 일이지? 아크 리치."

"카이와의 연결이 끊겼어. 천년왕의 성으로 들어간 모양이야."

아카넬의 미간이 한일자로 굳어간다. 리버가 말을 이었다.

"댁이 이곳을 떠나기가 무섭게 카이를 소환하더군."

미학, 그놈의 미학이 문제다. 생각 같아서는 그녀를 사슬로 묶어서 둥지에 가둬 놓고 싶다. 그러나 그것은 그의 미학에 크게 어긋난다. 그녀와 아카넬은 인생을 건 내기를 했기에. 내기 결과가 나올 때까지 아카넬은 그녀의 자유를 억압할 수 없다.

'귀찮군.'

그러나 영원을 살아가는 자들에게 있어서 미학은 목숨과도 같다. 한번 놓는 순간 자신은 자신이 아니게 되므로. 산을 미는 강처럼 시간은 자신을 밀어 버릴 것이므로.

리버 역시 그의 미학 속에서 살아간다. 그녀와 단둘이 있어도 그녀를 유혹할 생각을 하지, 강간을 해서 취하지는 않는 게 그의 미학 중 하나겠지. 이렇게 그림자 속에 숨어 아카넬이 올 때까지 기다리는 것도 그의 미학 중의 하나일 거다.

"뭐 짐작 가는 거 없어? 무서운 도마뱀 형아."

리버는 치아를 드러내며 빙글빙글 돌았다. 아카넬은 저

사춘기 애새끼 같은 아크 리치의 턱을 날려 버리고픈 충동에 휩싸인다.

6.

개처럼 짖으면 집에 보내준다니.

"약속하실 건가요?"

내 말에 그가 답했다.

"아니요~"

"그러면 짖지도 않습니다."

그렇게 말하고는 양팔을 벌려 보란 듯이 벌러덩 누웠다. 나는 그가 원하는 걸 줄 수 없다. 그 역시 내가 원하는 걸 줄 수 없다. 그렇다면 결과는 하나 아닌가.

무한한 대치 상태. 엘이 말했다.

"술이나 한잔할래요?"

"뭐예요. 또 숙취로 죽어 보라고요?"

"약한 걸로 해요."

그렇게까지 말한다면 좋아. 내가 고개를 끄덕이자 그가 손을 내밀었다. 나는 그의 손을 붙잡는다. 그가 문 앞으로 나를 인도한다.

"잠옷인데요."

지금 내가 입고 있는 옷은 레이스가 달린 긴 파자마다. 시녀들이 갈아입혀 준 옷으로 분명 가볍고 하늘하늘하고 예쁘지만, 속에는 아무것도 입고 있지 않다. 오늘 내내 숙취로 죽어 있던 탓이다. 물론 그렇다고 몸이 비치지도 않고, 겉으로 티가 나는 것도 아니다. 이래 봬도 유니콘의 갈기를 통짜로 짜서 만든 천으로 만든 옷이니까.

보통 유니콘의 갈기는 엄청 귀해서 마탑의 학장쯤 되는 인물이 로브로 만드는데 이걸 잠옷으로 만들고 앉았으니 호사도 이런 호사가 없다.

그러나 이것만 입고 밖에 나간다면 옷 하나 갖춰 입을 줄 모르는 여자로 내 묘비에 거미줄이 낄 때까지 사교계에서 씹어 대겠지.

"설마 그런 걸 걱정하는 건가요? 제 성에서? 제 예비의 흐트러진 모습을 보고도 살아나가게 둘 것 같나요."

'예비는 무슨 놈의 예비. 그놈의 예비 안 한다니까.'

그래, 댁의 살인 솜씨는 자타가 공인하지. 원한다면 피 한 방울 안 흘리고 본인이 왜 죽는지도 모르게 잠자듯 죽일 수 있으니까.

그게 싫다는 건 아니지만 격차가 너무 크다.

어떨 때는 작은 상점의 놈팡이 주인 놈이 되었다가, 또 어떨 때는 피도 눈물도 없는 살인귀로 변모하고, 또 지금 이 순간에는 천년왕이 되어 내 앞에 서 있다.

미친 말 위에서 로데오를 해도 이것보단 어지럽지 않겠다.

'그러나 그걸 당신이 이해하진 못하겠지.'

엘이나 아카넬처럼 영원히 살아가는 존재들에게 50년을 사는 것도 허덕이는 나 같은 존재의 시선으로 봐 달라고 해봐야 의미 없는 일.

아무리 근사한 옷을 입고, 술을 마시고, 사람처럼 웃어도 그들은 사람이 아니다. 같은 가치관을 요구해서는 안 된다.

'알고 있어.'

아카넬의 얼굴이 떠오른다. 그와 나의 입장은 너무나도 다르다. 나는 그를 쫓아갈 수 없다. 그를 생각할 때면 가슴 깊은 곳이 아파 온다. 이유는 모르겠다. 아니, 알면서도 모르는 척하는 걸지도 모른다. 나는 그냥 내 안의 검고 어두운 우물을 들여다보는 것을 포기한다.

그의 손을 따라 긴 복도를 걸었다.

슬리퍼도 신지 않고 맨발로 나왔지만 기분이 좋았다. 발바닥 아래에 닿는 대리석 감촉이 서늘했다.

맑은 밤이었다. 창문 사이로 별이 내려앉았다. 나는 그림자를 밟으며 그를 따라 걸었다.

그가 미리 명이라도 내렸던 걸까. 시녀는커녕 벌레 하나 보이지 않았다.

어둠 속에 온전히 그와 나 단둘뿐이다.

춥지도 덥지도 않았다. 그의 손을 붙잡고 창 사이 그림자를 밟으며 걸어갔다.

그는 나를 후원으로 데려갔다. 이끼 냄새가 나는 호수는 달을 품고 있었다. 그곳 가운데에는 작은 정자가 있었는데, 다리가 보이지 않았다.

그가 물 위로 한 걸음 내디뎠다. 그러고는 나를 당긴다. 당황스러워 몸을 피해 보이지만 그의 강한 힘에 저항하기 어려웠다.

'사자랑 노는 토끼가 이런 기분이려나.'

한숨이 절로 나온다. 나는 그의 정체가 정확히 무엇인지 아직도 모른다. 아카넬과 같은 건 아니라고 했으니 아크 드래곤은 목록에서 빼야겠지.

물에 빠질 걸 각오했는데 발 아래로 단단한 게 밟혔다.

"겉으로 봐서는 알 수 없죠."

수면 아래로 징검다리가 이어져 있었다.

"미끄럽네요."

"맨발로 다니긴 힘들려나요."

그렇게 말하더니 나를 들어 안았다.

"워, 워어!"

"뭘 그런 걸로 겁을 먹어요."

이 사람아! 우리 집은 걸음마를 떼는 그 이튿날부터 보법을 배우는 집안이라고. 마력도 없이 이렇게 살아가는 것 자체가 생소하다고.

기억도 못 하는 아주 어릴 때부터 자연스럽게 힘을 사용했으니까.

그리고 그때만 해도 내가 오빠보다 강했다.

"좀 고분고분해도 좋잖아요. 보통 아가씨들은 이렇게만 해 줘도 까무러치는데."

"무슨 아가씨요. 사창가의 그 아가씨들이요?"

"누가 들으면 여자 꼬실 능력이 없어서 그 동네만 드나드는 줄 알겠습니다."

그 말에 코웃음을 쳤지만 알고 있다. 그의 가게에 귀부인들도 드나드는 걸. 그리고 들어갔다가 나올 때마다 묘하게 옷의 장식이나 머리가 바뀌어서 나온다는 걸.

'이런 인간이 천년왕이라니.'

이 나라 백성들이 알면 땅을 치고 통탄할 일이다.

정자에 도착하자 그는 나를 내려놓았다. 정자에 앉으니 파자마 끝이 젖어 축축했다. 물방울이라도 튄 모양이다.

정자 가운데에는 술과 치즈, 과일들이 놓여 있었다.

"왕은 좋겠네요. 손끝으로 전부 부릴 수 있으니까요."

"그런 대공도 마찬가지 아닌가요."

뭐, 그야 그렇긴 하지.

엘은 눈을 반개하며 나를 지그시 바라보았다.

"말해 봐요. 대체 왜 그렇게 심통이 난 거예요?"

"집에 보내 주십시오. 이게 뭡니까?"

"결혼해 주면 보내 주지~"

저 밉살맞은 면상을 붙잡아 양옆으로 죽 뜯어 버리고 싶다. 이렇게 된 이상 자력 탈출이다. 알아서 나가 주지!

그가 술을 따랐다.

"마셔요. 약한 술이에요."

"결혼 안 할 겁니다."

"알았으니까. 한잔해요."

나는 잔을 붙잡아 쭉 들이켰다. 그의 말대로 술은 부드러웠다. 마치 주스처럼 목을 넘어간다. 당도가 높고 거품이 많았다.

"포도? 초콜릿?"

두 가지 맛이 한꺼번에 느껴지니 혼란스럽다.

"둘 다입니다. 자, 아~"

그가 카나페를 내 입가에 가져다 댄다. 나는 받아먹는 대신 카나페를 뺏어 보란 듯이 우적우적 먹었다. 그는 '참 협

조성 없네요, 카이 양.' 하고 투덜거린다.

어쩔 수 없다. 내 눈앞에 있는 꽃미남은 천년왕이자 인간이 아닌 존재이고, '앗' 하는 사이에 끌려다니게 될 건 이쪽이다.

"아카넬은 못 올 겁니다. 리버 역시 마찬가지고요."

"어째서죠?"

"그들도 이 영토에 오게 되면 평범한 사람이 될 테니까요."

"마력이 통하지 않나요?"

"그런 곳입니다, 제가 있는 이곳은. 모든 것을 봉인하죠."

나는 이제 과거 그에게 질문했던, 그러나 불충분한 대답을 들었던 그 질문을 다시 했다.

"당신은 누구죠?"

"당신의 술잔."

나는 술잔을 들었다. 그곳에는 하얀 호랑이가 그려져 있었다.

"당신이 하얀 호랑이?"

"서쪽의 수호자. 대형급 신수들을 매길 때 드래곤과 사방신을 함께 두죠."

나는 고개를 젓는다.

"달라요. 드래곤은 실존하잖아요. 하지만 사방신은……."

"…실존해요. 그러나 드래곤처럼 왕국을 점령하지도, 그렇다고 알에서 태어나지도 않죠. 우리는 개념에 가깝습니다. 인간과 멀리 지내죠. 저처럼 인간의 몸에 갇히는 일이 흔치는 않지만요."

전설로 들었다. 사방신, 사신수라고도 부른다. 문헌에서 신과 같은 힘을 가진 최상위 신수를 이야기할 때 대표적으로 꼽는 게 바로 드래곤, 사방신, 그리고 종언의 짐승들, 이 세 존재다.

여기서 말하는 드래곤이야 뭐, 아크 드래곤을 뜻한다. 존귀한 자라고 불리며 마법 생명체다. 약속의 언어를 사용할 줄 알고 성룡은 신의 힘을 가지고 있다.

사방신과 종언의 짐승들에 대해 알려진 건 극히 드물다.

우선 '종언의 짐승'은 예언에 나오는 세계를 끝장낼 짐승이다. 이야기하기로는 태초 때부터 존재했다고 전해지며 혼돈 속에 숨어 산다고 한다. 태양을 삼키고 대지를 토막낸다고 한다. 세계가 멸망할 때가 되면 이 짐승들이 깨어나 이 세상을 삼켜 마무리 짓는다고 한다.

당연한 말이지만 그런 건 아주 오래된 기록에만 남아 있을 뿐이지 실제로 그 흔적이 목격된 바는 없다.

그런데 흔적이 없는 건 사방신도 만만치 않다.

성전에서 사방신은 이 세계를 떠받치는 기둥이라고만 언급한다. 태초의 혼돈이 빛과 어둠으로 갈리고 가벼운 것은 위로, 무거운 것은 아래로 가라앉아 나뉘었다고 한다.

그리고 그 세계의 양 끝 네 모서리를 신수가 지탱하고 있다고 한다. 마치 모래시계의 기둥처럼. 세계를 전부 관통하여 지탱하고 있다고 한다.

'그게 본인이라고 말하는 건가.'

그가 인간이 아닌 건 확실하다. 아카넬이 칼로 심장을 찢었는데도 살지 않았나. 아카넬과 같은 급이라는 것도 알고 있다.

"와아, 내 눈앞에서 신화가 살아 숨 쉬네요."

"반응이 그게 전부입니까?"

"아니 뭐, 천년왕이라는 사람이 결혼해 줄 때까지 가둬 놓겠다고 으름장 놓는 이 상황보다는 덜 놀라우니까요."

누구인들 실감이 날까. 만약 엘이 손가락을 튕기며 '짠! 모든 건 다 가짜, 깜짝 쇼였습니다!' 라고 말해도 믿을 것 같다. 명치에 주먹이나 박아 주고 침대로 돌아가겠지. '이야, 참 이상한 거짓말이었어.' 라고 생각하면서.

그는 웃었다. 마지막을 살 것처럼 길게 웃었다. 웃고, 웃고, 술을 삼킨다. 그러고는 다시 독처럼 웃었다.

"절 사랑해 줘요."

"무리예요."

"물처럼 변하는 게 사람 마음이잖습니까. 조금은 변할

수도 있잖아요."

리버도 그랬다. 불멸자란 작가들은 다 그러는 걸까.

사람 마음만큼 깃털 같은 게 없다고, 그러니 충분히 시간을 들이고 공을 들인다면 언젠가 붙잡을 수 있을 거라고.

시간은 그들 것이니까.

그의 말이 사슬이 되어 나를 감았다. 내 머리카락을 만지고 귀를 덮는다. 내가 쉬는 숨소리마저도 옭아맬 것만 같았다. 그가 말했다.

"사랑해 주지 않는다면 죽여 줘요."

"……."

"이제 쉬고 싶어요."

그가 말을 이어 나갔다.

옛날, 아주 먼 옛날 이 땅에는 한 소녀가 있었다. 오랜 전쟁으로 대지는 피를 삼켰고, 소녀는 싸우는 법을 몰랐다. 이 소녀가 할 수 있는 거라고는 기도뿐이었다.

"그 소녀가 내세울 건 착한 마음밖에 없었거든요."

귀족도 아니었고, 그렇다고 돈이 많았던 것도 아니었다. 그랬기에 그녀의 아버지는 전쟁터에 끌려갔고 가장 앞에서 죽었다. 소녀는 기도했다. 오빠가 끌려 나가서 죽을 때조차 소녀는 기도했다.

적군이 밀려오고 어머니가 강간당하고 있을 때조차 소녀

가 할 수 있는 거라곤 다락방에서 기도하는 일뿐이었다.

"그 기도라도 들어준 건가요?"

"아뇨, 제게 한 기도는 아니었으니까요. 그 아이는 그 지방 토속신에게 기도했어요."

"그러면 나중에라도 당신에게 기도한 건가요."

"그것도 아닙니다. 제가 내려온 건 다른 이유에서였어요. 그 소녀가 기도를 멈췄기 때문이었거든요."

사신수들은 스스로 모습을 드러내지 않는다. 그저 이 세계를 지탱하며 자신의 역할을 수행할 뿐이었다. 애초에 불멸자들이 인간에게 관심을 갖는 일은 극히 드물다.

그건 마치 비 오는 날 개미집 앞에 앉아서 그 개미집의 비극사를 지켜보는 일과 같다. 어릴 때 외에는 거의 하지 않는 일이지만 아주 가끔, 어른도 하게 되는 그런 일.

엘이 본 건 그거였다. 한 소녀가 죽은 병사의 머리를 돌로 으깨고 있었다. 옷은 찢겨 있었고, 그녀의 다리 사이에서는 붉은 선액(鮮液)이 줄줄 흘러내렸다.

무슨 일이 있었는지는 짐작하기 어렵지 않았다. 그저 전쟁에서 일어나는 흔한 비극이 소녀에게도 일어난 거다.

소녀가 병사의 머리를 터뜨리고 뇌수를 으깨고 치아를 조각조각 내는 걸 엘은 무심히 바라보았다.

꽤나 꼼꼼한 소녀였다.

그녀는 병사의 모든 부위가 죽이 될 때까지 돌로 으깨기를 반복했으니까.

척추 뼈가 훤히 보일 정도로 굶었으면서 그런 힘이 남아 있구나, 엘은 생각했다.

만약 여기서 소녀가 자살을 선택했다면 엘은 그리 흥미를 갖지 않았으리라.

소녀가 선택한 건 방금 죽은 병사의 투구를 쓰고 갑옷을 입는 것이었다.

"정이 들었다고 해야겠네요."

직접 개입을 시작한 건 그녀가 여자라는 걸 주위에 들켰을 때였다. 그리고 그녀 앞에 나타난 건, 그녀가 마녀로 몰려 장작 위에 섰을 때였다.

그녀의 발이 화염에 탔다. 연기가 심했는데도 그녀는 기절조차 하지 않았다.

그저 이 세계를 향해 악의를 담아 소리 질렀다.

소녀는 기도를 멈췄다. 신은 답하지 않기 때문이다. 그녀의 신은 존재하지 않거나, 살육과 강간과 기아를 좋아하거나 둘 중 하나였기 때문이다.

미친 세계였기에 소녀는 웃었다. 소녀는 미쳐 있었다.

엘은 그런 그녀에게 화답했다

그게 소녀와 호랑이의 계약이었다.

엘은 나라를 세웠고 평화를 지켰다. 이제 더 이상 이 근방에서 전쟁은 일어나지 않는다.

"원래라면 그녀는 죽을 때 저를 계약에서 해방시켜야 했죠."

그게 계약자와 초월자의 언약이었으니까. 이 계약 방식을 가르쳐 준 것도 엘이었다. 그러나 그녀가 바란 건 정반대였다.

'이 땅에 평화가 깃들도록, 더 이상 전쟁이 남지 않도록……'

당시 엘은 눈물을 흘리며 알겠노라 고개를 끄덕였다. 인간의 감정을 알게 된 불멸자는 이 마음을 놓치고 싶지 않았다.

그게 어떻게 풍화될지 모르는 채.

"감정을 안다는 건 신기한 일이에요. 빛을 볼 수 있는 박쥐와도 같아요. 평생 소리로만 세상을 만졌는데 이제 눈으로도 알 수 있게 된 거니까요."

"좋은 일 아닌가요?"

"글쎄요. 그 결과 두 번 다시 동굴로는 돌아갈 수 없게 되었으니까요."

그는 눈을 감고는 상체를 젖혔다. 물그림자 위의 수면을, 그 진동을 느끼면서 하나하나 이름을 불렀다. 대부분 모르는 이름들이었지만 개중에는 아는 이름도 있었다. 죽은 이의 이름들이었다.

"벗어나고 싶은 거죠."

"네."

"당신을 죽인다면 어떻게 되는 거죠? 당신이 세계를 떠받친다면서요. 멸망이라도 하나요?"

그가 내 양 손목을 붙잡아 자신 쪽으로 끌어당긴다. 몸이 딸려 간다. 내 손에 그의 하얗고 긴 목이 잡힌다. 여기 힘을 준다면 그는 숨을 못 쉬게 될까. 그럴 것이다.

그러나 그가 죽을까. 그건 아닐 거다. 그는 심장이 찢어져도 사는 자니까.

"새로운 백호가 태어나겠죠. 그가 대신할 거예요."

"계약만 깨는 방법은요?"

그는 내 눈을 응시한다. 저 하늘의 달처럼 차갑고 밝은 동공이었다.

"당신은 언제나 방법을 찾는군요."

"말해요."

"포기라는 단어는 없습니까? 타락이라는 단어는요."

나는 손을 빼려 한다. 그러나 그는 내 손을 놓아 주지 않았다. 내 손톱 때문에 그의 목에 선혈이 번진다.

"없어요, 그런 방법. 나는 이 땅에 너무 오랫동안 함께했어. 이제 저는 이 땅의 일부니까요. 그러니……."

죽여 줘요. 그가 입술을 벌린다.

"아카넬도 드래곤 슬레이어를 만들어 달라고 하던데, 불멸자들은 전부 자살 지망생들이에요?"

"네? 하하하! 그 사람은 달라요. 죽으려고 그걸 달라는 게 아닙니다."

그는 거기까지 말하고는 내 손가락 하나하나에 입을 맞추었다. 무슨 보물이라도 되는 양 손가락 마디마디에 키스한다. 그의 숨결이 지나가자 살결이 오싹하고 곤두선다.

"당신을 갖고 싶어."

"……."

그가 잡아당긴다. 나는 그의 가슴에 귀를 대었다. 인간보다 빠른 박동이 느껴진다.

불행히도 그는 살아 있다.

나는 그에게 물었다.

'당신을 사랑해 줄 수도 없고, 죽여 줄 수도 없어요. 어쩌면 좋죠?' 라고.

그가 웃었다. 그러고는 그냥 나를 안았다. 이제야 깨달았다. 그는 미쳐 있었다. 물론 겉으로 보일 만큼 망가진 건 아니었다. 거미줄보다도 얇은 균열. 그렇기에 지금 이때가 아니면 볼 수 없는 경계였다.

나는 그에게 키스를 할 수 없으니 대신 안아 주었다. 그는 내 품에서 천천히 잠이 들었다. 눈앞의 이 남자가 무방비하게 잠이 든 것은 처음이기에 나는 숨소리도 조심하며 그를 안았다.

잠을 자면서도 그는 여전히 웃고 있었다. 그런데 어쩐지 차라리 그가 울어 버렸으면 좋겠다는 생각이 들었다.

7.

눈을 뜨니 침대 시트 위다. 그가 옮겨 놓은 모양이다. 내 방은 아니었다. 물결칠 것처럼 거대한 침상은 똑같지만 여긴 뭔가 좀 더 장엄했다.

눈앞에는 그의 눈꺼풀이 보였다. 닫힌 긴 속눈썹이 누구라도 키스하고 싶은 충동을 부를 만했다. 물론 내가 그의 눈에 입을 맞추겠다는 건 아니었다.

'모르겠다.'

나도 그를 어떻게 생각하는지 잘 모르겠다. 확실한 것은 이게 사랑이라든가 하는 감정은 아닐 거라는 것. 내 일부는 그에게 화를 내고 있지만, 또 다른 내 일부는 그를 불쌍히 여기고 있다.

웃기긴 하다. 그는 인간이 아니고, 신수다. 나는 먼지만도 못한 존재고.

세상에, 호랑이를 동정하는 병아리라니. 그래도 불쌍하다는 생각을 지울 수가 없었다.

나는 그에게 입술을 맞춰 줄 수는 없다. 동정만으로 해주는 건 반칙이기 때문이다. 그렇다고 그를 죽여 줄 수도 없다.

내가 그를 죽이려면 전설에나 나올 법한 뛰어난 검이 필요하다.

평범한 검으로는 아크 드래곤의 가죽을 상하게 할 수 없다. 같은 급인 사신수도 아마 똑같겠지.

'드래곤 슬레이어라면…….'

그거라면 가능하다. 드래곤 슬레이어는 자신보다 상위의 존재를 죽이기 위해 만들어진 검이다. 검이 완성된다면 인간이라도 신을 죽일 수 있다. 그러나 어디까지나 가능하다는 거지 무조건 죽인다는 건 아니다. 그만큼의 실력이 필요하다. 상대가 가만히 목을 내놓고 있지는 않을 테니까.

'엘이라면 가만히 있어 줄까.'

그의 일부는 죽음을 바란다.

아주 조금 미쳐 버린 이 남자는 시간을 죽이며 살아가고 있다.

'다른 사신들은 어떻게 견디고 있는 걸까.'

그들도 가끔 인간의 모습으로 다닐까. 물론 이렇게 계약으로 천 년에 가깝게 속박되고 있지는 않겠지만.

나는 그의 뺨을 쓸었다.

"저는 당신을 사랑해 주지도, 죽여 주지도 못해요. 하지만 적어도 기회는 드릴 수 있을 것 같네요."

그의 헝클어진 머리카락을 가지런히 모아 귀 옆으로 쓸어내리며 말했다.

"당신을 상처 입힐 수 있는 검을 만들어 줄게요. 언젠가는."

그놈의 파혼검. 쓸 일이 참 많다.

내 말에 마침내 그의 눈꺼풀이 열린다.

"약속 안 지킬 거 알아요. 인간은 그런 존재니까."

"지킬 거예요."

"못 지킬 겁니다. 당신은 '그'를 사랑하니까."

그가 누구인지 알기에 나는 입을 다물었다. 왜, 어째서 다들 내가 아카넬을 사랑한다고 생각하는 걸까. 내게 있어 그는 그저 파혼 상대일 뿐이고, 그에게 있어 난… 나는… 유희 상대일 뿐일 텐데.

"사랑하지 않아요. 그와는 결혼하지 않아. 리비와 약속했어요."

그는 손을 들어 내 입술을 만진다. 상어가 내 입을 스치고 지나가는 것만 같았다. 눈앞에 있는 이 하얀 상어의 배가 고프지 않은 것을 감사해야 할 노릇이다.

엘은 웃었다.

"자신의 마음도 잘 모르는 게 사람이죠. 하지만 감사해야겠네요, 그거."

그는 내 입술에 키스하려다가 내 손에 저지당한다. 명백한 거부에 그는 안타까워한다.

"이 세상에서 나 마다하는 사람은 댁이 처음인 거 알아요? 카이 양."

"알게 뭐예요."

"마이어하트의 독사라는 아리네스조차도 제게 넘어왔다고요."

"알아요. 둘이 잤죠?"

그래. 아리네스와의 첫 만남이 그랬는데 모를 리가 있나. 샤워실에서 뜨거운 김이 새어 나왔고 두 남녀의 향기가 방안을 가득 채웠다. 아무리 내가 경험이 없다고 해도 그게 무슨 상황인지 모를 수가 없었다.

"헤에, 머릿속에 그거밖에 없는 겁니까. 역시 음탕하기로는 처녀의 상상력을 따라갈 수 없죠."

이 인간이 진짜! 나는 그의 어깨를 팍 때렸다. 아니, 때리려고 했다. 그가 내 손목을 붙잡는다. 그러고는 내 위에 올라탔다.

그의 양팔 안에 갇혔다. 그의 숨결이 목선을 휘돈다. 소름이 오싹오싹하다.

그가 속삭였다.

"아, 잡아먹고 싶다."

"누가 이 구역 음탕킹 아니랄까 봐서!"

"하지만 어쩔 수 없다고요. 제 근본은 짐승이고, 호랑이는 육식 동물이니까."

그러고는 내 어깨에 이빨을 박아 넣었다. 아프다. 뜨겁다. 그가 내 뻣뻣해진 허리를 쓸었다. 이대로 스커트를 파고들 수도 있었다.

"하지 마요."

"알고 있어요. 지금 엄청나게 참고 있는 거 안 보이십니까. 우리 같은 존재들에게 당신 향기는 미칠 거 같다고요."

리버도 언뜻 비슷한 말을 했던 것 같다. 그는 이빨을 떼고 내 목을 핥아 올렸다.

"흣."

뜨겁다. 아랫배가 저릿저릿한 감각이 들었다. 그는 내 턱 아래에 다시 키스한다. 아까와는 다른 부드럽고 달콤한 입맞춤이다. 몸이 그의 혀끝에서 녹을 것만 같았다. 이윽고 그의 턱이, 콧날이, 입술이 내 얼굴에 다가온다. 그의 숨결이, 눈빛이 나를 훑았다.

"더 가 볼래요?"

악마의 유혹이다. 선을 넘은 적 없는 몸에 열화가 피어올랐다. 뜨거워지는 몸과는 달리 머리는 차갑게 속삭였다. 여기서 선을 넘었다가는 두 번 다시 돌아올 수 없다고.

나는 눈을 감는다.

"아뇨. 그만해요."

"확실해요?"

"네."

"……."

우리 두 사람은 한참 그 자리에 멈춰 있었다. 멀어지지도 가까워지지도 않은 채 그는 그 자리에서 나를 삼킬 것처럼 바라본다.

"당신의 메시지는 늘 똑같군요."

"……."

그는 내 입술에 짧게 쪽, 입을 맞춘다.

"가끔 자러 와도 돼요? 이상한 짓은 안 할게요."

"싫은데요. 오지 마요. 나 혼자 잘 건데요."

"와, 돌멩이도 이렇게 매정하진 않을 겁니다. 어떻게 그걸 단칼로 잘라요."

그냥 좀 가라. 날 이 이상 혼란스럽게 하지 말고.

"그러면 가끔 놀러 오면 안 돼요?"

뭐, 만나는 시간은 짧았지만 라델 양과 꽤 정이 들긴 했다.

"안 오면 라델 양이랑 가게로 놀러 갈게요."

으으, 라델은 보고 싶어. 하지만 저 인간이 붙어 오는 건 싫어. 나를 대체 얼마나 더 휘둘러 대려고.

8.

결론적으로 말하면 그는 나를 풀어주었다. 풀어준다는 단어보다는 석방이라는 단어가 더 어울리는 것이, 마력을 쓸 수 없었던 저 성은 마치 감옥 같았기 때문이다.

그래, 나는 석방되었다. 대신이라고 하기 뭣하지만 그는 여왕용 왕관에서 가장 상징적인 보석을 떼어 내게 건넸다.

"머리끈으로 쓰세요."

"이거 이제는 안 나오는 보석이잖아요."

"열에도 냉각에도 강해요. 여자들은 보석 좋아하잖아요."

여자가 아니라 모든 인간은 다 보석을 좋아하지. 기기다가 숨이 막힐 만큼 거대한 블루 사파이어를 싫어할 사람이 몇이나 되겠어. 그런데 이걸 동전 한 닢에 파는 머리끈에 달고 쓰라고?

'이야, 금전감각 진짜.'

내가 돌려주려 하자 그가 엄포했다.

"싫으면 저랑 영원히 여기 살죠."

아… 돌겠다. 그가 덧붙여 말했다.

"자유롭게 가공해요. 원하면 절반으로 잘라서 써도 되고요."

이런 크기의 순도 높은 사파이어는 무척이나 희귀하다. 그런데 그걸 반으로 가르다니, 그런 아까운 짓은 못 한다. 그러니 더더욱 받을 수 없다고 거절하려 하자 그가 내 사파이어 쥔 손을 잡아 양손으로 감싼다.

"약속의 증표입니다."

그 말을 들으니 더는 거절할 수 없었다.

그가 덧붙여 말했다.

"그리고 가끔 자러 올게요. 그렇게 깊게 잔 건 정말 오랜만이라서 말이죠."

음, 그래. 사람을 아로마 테라피 및 방향제로 쓰겠다는 거군.

"싫습니다."

내 말에 그가 대답 없이 웃었다. 그래, 거부권은 없다는 건가. 하여간 제멋대로다. 그가 내게 다가온다. 나는 물러나려다 등에 벽이 닿았다.

도망칠 곳이 없자 그가 내 입술에 입을 맞추려고 한다.

거부할 수가 없었다. 그의 숨결이 내 입술을 적시자 얼굴을 똑바로 볼 자신이 없어 눈을 감는다. 그러나 열기가 느껴지지 않는다. 눈을 뜨니 코와 코가 닿는 그 거리에서 그가 속삭였다.

"손님이 오셨네요."

노크가 울리자 엘이 허락했다. 메이드가 들어왔다. 라델이다. 그녀가 허리 굽혀 깊게 인사한 뒤 말했다. 손님이 왔다고.

아카넬 아르노크.

창밖에는 빗소리가 들렸다. 그가 내 얼굴에서 멀어진다. 그것도 잠시, 내 목을 강하게 끌어안았다. 입술과 입술이 부딪친다. 그의 송곳니가 나를 물어뜯는다. 삼키려고 한다.

'슬픈 짐승.'

나는 계속 그를 거부해야 한다. 한 번이라도 틈을 내줬다가는 순식간에 끌려가는 건 이쪽일 테니까. 가슴이 저릿하다. 마치 심해처럼 공기가, 분위기가, 마음이, 몸이 내리누른다. 그의 입술이, 온기가 수압이 되어 여기 남아 있으리고 속삭인다. 그러나 나는 움직인다. 있는 힘껏 그의 뺨을 후려쳤다.

빠악!

따귀가 더 좋았으려나.

9.

"가관이군."

아카넬 아르노크. 높은 어둠이자 별을 부수는 드래곤께서 나와 엘을 보고 가장 먼저 한 소리가 그거다.

원래라면 한쪽 무릎을 꿇고 아카넬이 예를 갖춰야 옳다. 그러나 그는 나와 엘을 보고는 삐딱하게 지팡이를 흔들었다. 엘이 말했다.

"이제 와서 인간 놀이 할 필요는 없겠죠?"

내 입술에는 찢어진 자국이, 그의 뺨에는 내 주먹 모양 멍이 고대로 나 있다. 마력도 없고 피하려고 했으면 얼마든지 피할 수 있는 주먹이었다. 그런데 그는 그걸 구태여 맞고 앉았다.

"왕의 예를 표할 생각이었는데 꼴을 보니 그럴 마음도 사라지는군."

그는 나를 잡아당겼다.

"그녀는 내 것이다. 정당한 결투로 얻은 산물이지."

"아니요. 아직은요. 검을 만든다면 이야기는 달라지겠죠."

엘은 그리 말하더니 나를 향해 손을 흔들었다.

"또 봐요. 그때는 천년왕이 아닌 그냥 '엘'로서."

뭐가 마음에 들지 않았는지 아카넬이 나를 재차 잡아당겼다. 처음에는 부드러운 느낌으로 입을 맞추더니 두 번째는 딥 키스로 이어진다. 머리가 하얘진다. 뇌가 마비되는 기분이다.

그가 입술을 떼었다. 그와 나의 사이에 투명한 실이 이어졌다.

나는 그제야 그가 키스하는 내내 엘을 바라보고 있다는 걸 깨달았다.

이게 너와 나의 차이라는 걸 보여 주듯이.

'우와, 유치하다.'

이 동네 수컷들은 다 이러는 건가? 아니면 불멸자 브라더스들만 저러는 거야.

엘이 웃었다. 늘 보는 그냥 그 웃음이다. 그러나 평소와는 다르게 스산하다. 그가 내 손등을 들고 입을 맞추었다.

"또 봬요, 레이디 알테리온. '약속'을 잊지 말아요."

그 숨겨진 말뜻에 나는 결국 고개를 끄덕였다.

그렇게 나는 집으로 돌아갔다. 집에 도착할 때까지 나는 왜 그때 아카넬을 때리지 못했는지 나 자신을 자제하지 못했는지 고민해야만 했다.

집에 도착해서 문득 손등을 보니 피가 나 있었다.

"아……!"

그렇다. 손등이 아파서 때리지 못한 거다. 엘을 너무 세게 때리느라 아카넬은 때릴 수가 없었던 거야. 거기서는 마력을 쓰지 못했으니까. 평소와 같은 근력, 지구력을 가질 수 없었으니까.

그래, 그런 거라면 납득이 간다.

'그래. 아프고 숨이 차서 그런 거야!'

유레카! 어쩐지 이상하더라!

Chapter 2
상어 길들이기

1.

창밖에는 아직도 비가 내린다. 해안가 도시라 그런지 이곳은 날씨 변덕이 심하다. 습기에 코밑이 축축하다. 나는 의자에 앉아 종이에 룬문자를 하나하나 적어 나갔다.

"누나, 틀렸어."

책상 위에는 리버가 앉아서 나를 내려다보고 있다. 오늘은 고양이 모습이다. 녀석은 꼬리를 까딱이며 룬문자 강의를 해 주고 있다.

"이것도 틀리면 신성 문자는 어떻게 할래."

아, 나도 돌겠다.

마법 무기를 만들려면 고대 문자에 정통해야 한다. 그렇기에 리버에게 배우는 건데 이게 쉽지가 않다. 나는 엘이 준 사파이어를 내려다본다.

내가 만들려는 건 바로 이거다. 머리 끈에 마법 주문을 각인시키기 위해 이 고생을 하고 있다. 리버가 말했다.

"누나는 확실히 손재주가 좋아. 자도 컴퍼스도 없이 이만한 직선과 원을 만들어 내니까. 10년차 마법사도 누나 같은 정확도를 갖지는 못할 거야. 그런데 문제는 기억력이야. 어떻게 이렇게 못 외울 수가 있어!"

그러게 말입니다. 차라리 몸으로 하는 거라면 한 방에 기억할 자신이 있는데 말입죠. 내가 두뇌파는 아니지 않습니까.

"누나 소문이 날이 갈수록 커지고 있다는 거 알아?"

"압니다. 그게 제 탓은 아니잖아요."

그랬다. 천년왕이란 존재는 이 근방에선 신과 같은 존재다. 괜히 천년왕 신앙이 아니다. 만약 천년왕이 '내가 내세에 너희들 갈 천국까지 마련했다.' 고 하면 '오오오!' 하고 빛의 신을 버리고 달려들 놈들이 바로 이 동네 사람들이다. 수백 년 동안 사람들 앞에 좀처럼 모습을 드러내지 않았음에도 그 신비감은 더 커져 간다. 그런데 그런 천년왕과 몇

날 며칠을 함께 보냈다.

단순히 예장검을 만들어 주었다는 것만으로는 설명이 되지 않는 일 아닌가?

콘테스트 우승자는 매년 틀에 찍혀 나온다. 그런데 그들을 성에 초대해서 몇날 며칠을 보낸 예가 천 년에 가까운 시일 동안 단 한 번도 없다.

사람들은 말하고 있다. '천년왕을 매혹시킨 소녀' 라고. 또 다른 표현으로는 '마녀' 나, '요부' 가 있겠다.

그도 그럴 게 나는 파혼 준비 중이라고는 하나 엄연히 대공의 약혼녀이고, 무지카 마이어하트와 스캔들도 한 번 터진 몸이시다. 거기에 이번엔 천년왕이라니.

'와, 지금쯤 뭐라고 날 까고 있을지 상상도 안 된다.'

그 주범 중 하나가 레이멜 영애라는 건 알고 있다. 내 반격으로 사교계에서 추방당한 후, 삼삼오오 사람들을 불러서 나에 대한 나쁜 소문을 내고 있다는 얘기를 들었다.

지금 이 시간에도 엄청난 뒷담화를 하고 있겠지.

"그리고 전 그런 소문 신경 안 써요."

"누나는 안 쓰지만 다른 사람은 쓰잖아."

"주문 요청도 엄청 많이 오는걸요. 덕분에 가격을 올렸어요. 이러다가는 내년까지 예장검만 만들 판국이리."

"대형 공방 만들 생각 없어? 아니면 제자라도 들이거

나."

제자를 들일 생각이 없진 않다. 하지만 어떤 사람을 들여야 할지 막막하다.

'그러고 보니 아카넬이 보여 줬던 검도 신경 쓰이고.'

엘의 성에서 나온 지 며칠 후, 아카넬이 단검을 들고 왔다.

비명을 지르고 있는 검이었다.

내 생애 그렇게 끔찍한 소리를 지르고 있는 검은 딱 두 번째다. 그중 하나는 예장검 대회에서 보았고.

'우리 그레이 장인표 크레이지 소드 말입니다요.'

그 단검에서는 같은 소리가 났고, 그렇기에 구태여 숨기지 않았다. 그 사람이 만든 검과 비슷한 느낌이라고. 아카넬은 알았다고만 하고 나갔다.

대체 그가 왜 그런 검을 갖고 있는지 모르겠다. 저런 검은 갖고 있을 게 못 된다. 보통 사람이라면 순식간에 미칠 테니까.

'그라면 괜찮겠지.'

설마하니 아크 드래곤의 이성을 마비시킬 리는 없겠지.

나는 마지막 룬문자까지 쓰고는 리버에게 보여 주었다.

"좋아. 잘했어."

리버는 '참 잘했어요.' 란 뜻으로 잉크를 발바닥에 묻혀

쿵 찍었다. 고양이 발바닥 도장이 완성되었다.

'제자라…….'

그걸 어디서 구한담. 전에 청안에게 슬쩍 말을 꺼냈을 때는 나를 시중드는 데 방해될 거 같다고 싫어하는 눈치였는데 말이지.

2.

공방에서 제자를 구하는 데는 두 가지 방법이 있다.

첫 번째 방법은 그냥 도시 게시판에 구한다는 공문을 붙여 놓는 거다. 그러나 마을 게시판까지 와서 공문을 보는 이도 흔치 않을뿐더러 그 사람이 제대로 된 사람이라는 보장이 없다.

오늘의 제자가 내일의 도둑놈이 되지 않으리란 보장이 어디 있나.

'두 번째 방법은 직접 고아원에 가 보는 것.'

아예 양자를 들여 제자로 키우는 거다. 다 큰 처녀가 양자를 들였다가는 무슨 소문이 돌지 뻔하다. 그래도 내가 언제부터 그런 거 두려워하며 살았나. 청안이 물었다.

"장인 길드에 의뢰해도 되지 않나요?"

장인 길드, 장인 조합이라고도 부른다.

대장장이들이 모여서 서로 정보를 공유하고 돕는 단체. 가격 담합도 하고, 단체로 구매할 사람들을 모아 질 좋은 철광석을 싸게 구입하기도 한다.

"예전에는 장인 길드에 이름을 안 올려 주더라고. 여자가 대장장이라니 안 믿는 눈치라서."

그래서 어쩔 수 없이 엘의 신세를 지게 되었다. 그러나 지금은 다르다. 적어도 내 실력에 관해 의심을 품는 이는 없다.

리버가 내 무릎 위로 뛰어오른다. 저렇게 고양이 모습으로 아양을 떨 때는 때리기도 쉽지 않다.

"누나, 나는 반대야. 그거 분명히 다른 공방 사람 지원시켜서 누나 기술이나 빼 가려고 할걸."

"그걸 어떻게 알아요."

"나 마법사 길드 최고 교수 중의 하나잖아. 여러 번 겪어봤어. 뭐, 나는 나대로 백배로 갚아 줬지만 말이지."

그렇게 말하며 앙큼하게 앞발을 핥는다. 아크 리치의 복수라니, 척추가 오싹오싹해지는군.

"그렇다면 고아원에서 양자를 들이는 게 답이려나요."

리버가 말했다.

"노예 쪽도 알아봐. 대장간 일이 얼마나 어려운데. 조건에 맞는 사람 찾는 게 쉬운 줄 알아? 거기다 양자와 달리 노예면 뒷말도 안 나오잖아. 누나 소유물이니 마음대로 할 수 있고."

과연 리버답다. 세상눈도 젊은 처자가 양자를 들여오는 것보다는 노예를 들여오는 쪽에 더 관대하긴 하지. 하지만 돈을 주고 사람을 산다는 건 꺼림칙하다.

리버가 말했다.

"거기다 양자로 넣으려면 가주의 승인이 있어야 하잖아, 누나."

아, 그러네. 아버지가 허락하지 않는 한 그건 불가능하다.

'결국 노예인가. 난감하네.'

리버가 말했다.

"그렇지 않아도 이번 주에 노예시장이 열리니까 같이 가 보자. 응?"

윽. 나는 잠시 숨을 삼켰다. 그러나 다른 방도가 없다.

'거기다 일 시켜 보고 괜찮으면 평민으로 돌려 주는 것도 괜찮을 거고.'

나는 거기까지 생각하고는 고개를 끄덕였다.

3.

노예시장이 열리는 날까지 예장검을 만들고, 남는 시간 틈틈이 머리끈을 작업했다. 나를 지킬 약간의 보호 마법을 걸 생각이었다.

하는 김에 청안이 준 신수석도 함께 머리끈에 넣을 생각으로 다 다시 녹이고 다 다시 작업했다.

실용적인 것도 좋아하고, 예쁜 것도 좋아한다.

둘 다 부합하는 물건을 만들려면 그만한 실력이 필요하다. 내 자랑이라 부끄럽지만, 나는 그게 가능하다. 물론 센스도 좋고.

내가 머리끈에 건 것은 민첩 마법이다. 좀 더 몸을 가볍게 움직일 수 있도록 룬을 새겼다. 대장간에서의 작업을 좀 더 빨리 하고 싶다는 내 욕심이다.

그 다음은 지속 회복 마법, 매번 작업을 하다가 지쳐서 기절하는 일이 많은데 그것만 좀 막자고 새겼다.

마지막으로 사파이어를 보석 홈에 끼우고는 머리를 묶어 봤다.

어디서나 사용할 수 있는 무난한 디자인이 완성되었다.

보석이 커서 눈에 띄지만 아마 가짜로 알 거다. 설마하니 천년왕이 티아라 가운데에서 뽑아서 준 거라고 생각할까.

"으아아, 오늘 일 끝!"

창밖을 보니 벌써 해가 저물었다. 노크 소리가 울린다. 들어오라고 하자 리버가 들어온다. 이번에는 프로페서 리버 윈터 님이시다. 진보라색 정장이 잘 어울린다.

"누나는 대충 입어. 화장도 안 할 거지?"

"옷 갈아입게 나가 있어 봐요."

"엥? 어차피 볼 거 다 본 사이……."

청안이 리버의 정강이를 걷어찼다.

"아가씨께서 나가라고 하잖아요!"

그러고는 뒷목을 질질 끌며 나간다. 나는 문을 닫고는 간단하게 준비해서 나왔다.

이런 자리가 가장 애매하다. 노예시장이면 딱히 격식을 차릴 필요는 없다. 그러나 평상시처럼 선머슴 같은 옷차림으로 밤거리에 나갔다가는 온갖 시비 거는 불량배들을 다 만나야 하고, 나는 그놈들의 턱에 주먹 하나씩 꽂아 줘야 한다.

그건 그쪽과 나 둘 다 비극이다. 나는 기분이 더럽고, 그쪽은 한 달을 죽만 먹고 지내야 할 테니까.

'으음…….'

아리네스의 경우 아예 남성 정장을 입고 나간다. 나는 그런 옷은 없으니 블랙 스트라이프 원피스에 반묶음 머리로 타협한다. 물론 이번에 만든 머리끈을 쓰는 걸 잊지 않았다. 여기에 장갑을 끼고 화장은 가볍게 립만 한다. 향수를 뿌리려다가 포기했다.

엘의 말로는 내 몸이 변화한 이후로 계속 향이 난다고 했다. 그게 어떤 향기인지는 나도 모르겠다. 그러나 어찌 됐든 향수까지 뿌려서 체향을 돋보일 필요는 없을 것 같다.

밖으로 나오니 리버가 휘파람을 불었다.

"누나, 나랑 결혼해 주라."

"싫습니다."

"와, 또 단칼."

"아무튼 몇 번 겪어 보니까 간단한 화장은 제 손으로도 되더라고요. 역시 인간은 학습의 생물이에요."

"보통은 하녀 시키지 않아?"

"제 손으로 할 수 있는 건 제가 하는 게 좋죠."

집 앞에는 마차가 대기하고 있었다. 리버가 팔을 들어 에스코트를 청한다. 나는 그의 팔을 붙잡고는 앞으로 향했다.

청안이 양손을 모으고는 깊게 인사했다.

"아가씨, 다녀오십시오."

나는 고개를 끄덕였다.

4.

마차에서 내리니 꽤나 고풍스러운 대저택이 모습을 드러냈다.

"여기가 노예 시장이에요?"

"왜, 진짜로 도떼기시장이라도 되는 줄 알았어?"

아니 뭐, 그렇게 생각했다. 솔직히 말하면 그거 말고는 생각나는 게 없다. 리버가 내 귓가에 얼굴을 기울이며 속삭인다.

"순진하네, 누나."

그냥 이런 경험이 없는 것뿐이고 나는 전혀 순진하지 않다. 문득 익숙한 얼굴이 보였다. 피처럼 붉은 머리카락의 여인이 나를 향해 와인을 흔들었다.

"와, 카이 양. 여긴 무슨 일이야."

나는 가볍게 그녀에게 예를 표했다.

"공방에 들어올 제자를 찾으러 왔어요. 아리네스 님이야말로 무슨 일이세요?"

"나는 연구소에 쓸 노예 찾으러 왔지."

아아, 역시나 그것 때문이구나. 실험용 노예. 그녀가 말을 이었다.

"이번에는 이종족이 많이 오거든. 청안도 여기서 살잖아. 청안이 무슨 말 안 했어?"

그런 내색은 전혀 없었다. 오히려 너무 평소와 같았다.

나는 그제야 노예시장에 가기로 결정한 이후로 청안의 말수가 부쩍 줄어들었다는 걸 깨달았다.

'혹시 그래서 그런 거였나.'

모르겠다. 청안에게 이게 어떤 의미가 있는 일인지. 돌아가면 제대로 이야기를 해 봐야겠다. 아리네스는 리버를 슬쩍 보더니 가볍게 인사했다. 그녀라면 아마 리버의 정체 정도는 진즉에 알고 있겠지.

몇 걸음 더 걸어가자 나는 더 이상 나아갈 수 없었다. 입구에서 익숙한 회색 머리카락이 모습을 드러냈다.

"흠, 오랜만이군. 알테리온 영애."

"그레이 킹 다이아몬드."

2미터가 넘는 거구에 붕대로 감은 눈, 거칠게 깎은 수염. 머리끝부터 발끝까지 회색인 남자였다. 그는 나를 훑어보더니 마치 학처럼 고아하게 인사했다.

"여전히 아름다운 소리를 내는군. 너는."

가장 만나고 싶지 않은 인물을 만났다. 그가 왜 노예를 사는지는 알고 있다. 아마 검을 냉각시키기 위해서, 또는 칼에 깊은 절망을 담기 위해서 같은 시답지 않은 이유에서

겠지.

“머리끈이 좋군. 직접 만든 건가? 솜씨가 늘었군그래. 마법까지 각인해 놨으니.”

“별로 보고 싶지 않은 분을 만났네요.”

대놓고 적대했다. 이제 좀 꺼져 줬으면 좋겠다. 당신이 어떤 칼을 만들든 내가 상관할 바는 아니니까.

“예의상으로도 날 위해 웃어 주지 않는군.”

그가 손을 뻗어 내 턱을 붙잡는다. 아니, 붙잡으려고 했다. 그의 손이 멈춘다. 올려다보니 리버의 팔이 그의 손목을 붙잡고 있었다.

“하하하, 누나는 내가 에스코트하기로 했거든, 무서운 형아.”

“아까부터 느꼈지만 너, 재미있는 소리가 나는구나. 내 칼을 사지 않을래?”

“아아, 형아 칼에는 흥미가 많아. 그 기괴한 마이너스 파장이 생물의 뇌파에 어떻게 간섭하는지 궁금하거든.”

어려운 말을 하고 있다.

열 받는 일이지만 인정할 건 인정하자.

그는 내가 듣지 못하는 경지의 소리까지 듣고 있다. 그건 뼈를 깎는 노력을 통해서만 가능하다.

아무리 나라도 눈을 완전히 가리고 생활하는 건 불가능

하니까.

문득 생각나는 게 있어 그에게 물었다.

"당신 아카넬에게 칼 팔았나요?"

"흠?"

아닌 눈치다. 그렇다면 아카넬은 어째서 그가 만든 검을 들고 내게 물어봤던 걸까? 궁금증이 샘솟았지만 그 답을 찾을 사람은 이 사람이 아니다.

리버가 말했다.

"가자, 누나. 장님 형아가 불쌍하긴 하지만 장애인을 돕기에는 우리도 바쁘잖아."

우와아, 신랄하게 사람을 후려치고 있다. 남자가 답했다.

"도움은 필요 없는데 말이지. 같이 가지, 죽은 자."

그 말에 아리네스의 눈이 살짝 움직인다. 나도 리버도 답하지 않았다. 그저 안내에 따라 경매장으로 향할 뿐이었다.

'짐이군. 짐이 생겼어.'

왼쪽에는 아리네스, 오른쪽에는 리버, 내 뒤에는 그레이다.

이야, 신난다! 죽음의 카니발이네.

경매는 그렇게 시작되었다.

5.

우리가 들어간 곳은 꽤 상급 노예를 판매하는 곳이다. 과거 기사나 몰락 귀족 출신이었거나, 어리고 몸이 좋거나, 어리고 아름답거나, 아니면 아예 이종족의 피가 섞인 자들이 모인 곳이다.

"더 저렴한 곳으로 가려면 갈 수 있긴 한데, 거기에 누나를 데려가고 싶진 않았어. 거긴 질이 많이 안 좋거든."

"여기는요?"

"적어도 누나 엉덩이에 손을 뻗는 새끼들은 없거든."

아아, 그런 문제군. 리버가 말을 이었다.

"거기다가 노예라고 허튼 동정심으로 접근하지 마. 다른 노예시장처럼 전쟁 때문에 팔려오거나 본인 의사와 상관없이 납치당해서 끌려온 놈들은 거의 없어. 여기 오는 자들은 모두 스스로의 의지로 몸을 판 놈들이니까."

"……그런 사람도 있어요?"

내 말에 그레이가 기가 막힌다는 듯 웃었다.

"역시 순진해. 검의 고수라는 알테리온의 아가씨가 정작 전쟁은 겪어 본 적이 없는 거군."

그의 목소리, 그의 웃음, 모든 것이 거슬린다.

단상에는 최소한의 옷만 입은 노예들이 하나씩 올라왔

다. 노예의 배경, 능력, 여기 온 연유와 건강 상태까지 모두 조목조목 밝힌다. 억지로 입을 벌리게 해서 치아 상태를 보여 준다.

나는 멍하니 그 과정을 지켜본다.

"뭐해, 누나? 방금 노예 괜찮지 않았어? 어린 것치고는 체격도 좋았잖아."

흥미가 동하지 않았다.

나는 혁명가도 아니고 평범한 대장장이일 뿐이다. 나 하나로 이 사회를 바꾸기 위해 모든 걸 희생하겠다는 것도 아니었다. 그런데 그저 내키질 않았다.

이 모든 것들이.

그레이도 아리네스도 그리 원하는 건 없는지 카탈로그만 뒤적일 뿐, 이렇다 할 입찰은 없었다.

마침내 마지막 노예가 들어왔다.

"신사 숙녀 여러분! 모든 이들이 가장 손꼽아 기대하고 있는 순서가 왔습니다."

거대한 케이지가 커튼에 가려져서 들어온다. 벌써부터 사람들이 웅성거리기 시작했다. 아리네스가 기대감으로 상체를 들었다. 그녀의 새빨간 손톱이 욕망에 빛난다.

이윽고 커튼이 걷힌다. 케이지가 아니었다. 그것은 거대한 수조였다. 수조 안에는 인어가 들어 있었다.

'남자?'

인어라고 하면 보통 아리따운 여성을 떠올리기 마련이다. 그러나 눈앞에 있는 건 상반신은 남성, 하반신은 물고기다. 얼굴은 이 세상의 것이 아니다 싶을 정도로 아름다웠다.

"인어는 남성체가 흔치 않죠! 거기다가 이 눈 색, 보이십니까? 순혈에 가까운 인어일수록 이런 물빛을 띠죠. 하이머메이드! 물의 정령을 자유롭게 다루는 존재들입니다."

아리네스가 중얼거렸다.

"해부해 보고 싶어."

분명히 그녀는 그렇게 말했다.

사회자가 손짓하자 시종들이 갈고리로 그를 수조 밖으로 끌어낸다. 그가 물 밖으로 억지로 끌려 나온다.

놀랍게도 몸에 물기가 마르자 물고기의 꼬리 대신 사람의 다리로 변한다. 다리 사이로 남성기가 보이자 나는 시선을 돌렸다.

'으, 아니. 왜 아무도 그걸 신경 쓰지 않는 거야? 좀 가리라고.'

사회자는 말을 이어 나갔다.

"이렇게 뭍에서 살아도 지장이 없고, 전기 충격 목걸이를 달아 도주하거나 반항할 위험도 없습니다."

나는 리버를 노려보았다.

"전부 스스로의 의지로 노예가 된 거라면서요."

"아하하, 가끔 아닌 경우도 있어. 아주 가끔. 진짜 가끔."

그 아주 가끔, 진짜 가끔이 지금이라는 거지.

사회자가 소리쳤다.

"그러면 경매를 시작하겠습니다!"

가장 먼저 가격을 부른 건 아리네스였다. 그리고 사람들이 앞다투어 돈을 부르기 시작한다. 눈이 돌아갈 정도의 금액이 오간다. 이윽고 그레이가 여유롭게 손가락 세 개를 편다.

내가 물었다.

"인어는 뭐에 쓰려고요?"

"인어 피는 냉각수로 사용하기 좋아."

"그래서 죽을 때까지 피를 짜내게요?"

"아니, 살점도 발라내서 용광로에 집어넣을 건데?"

"산 채로?"

그가 뭘 당연한 걸 묻느냐는 듯 대답했다.

"산 채로."

마침내 경쟁자들은 하나둘 포기하기 시작했다. 남은 건 끝없는 재력의 레이디인 마이어하트 가문의 아가씨, 그리고 피의 대장장이 그레이 씨다.

'한쪽은 해부고, 다른 한쪽은 고문이군.'

그게 우리네 인생사 아니겠나.

저 인어 하나 구하자고 내가 구태여 나설 필요는 없다. 그런 거다. 거기다가 이번 일로 아무리 돈을 많이 벌었다고는 해도 인어를 샀다가는 그야말로 파산이다.

리버가 물었다.

"누나는 아무것도 안 사?"

"저는 괜찮아요."

리버가 나를 빤히 바라본다. 마치 내 마음속을 훑기라도 하는 듯 말했다.

"물의 정령술은 검을 만드는 데 꽤 도움이 될 거야. 머메이드 족은 대대로 정령 마법의 대가들이거든."

"돈이 없는걸요."

"내가 빌려준다면?"

윽, 이렇게 빚쟁이가 되고 싶지는 않다. 망설이는 내게 리버는 악마처럼 속삭였다.

"어쩔래. 쟤는 누나가 데려가는 게 가장 행복할걸?"

"나한테 빚 만들고 싶어서 이러는 거죠?"

리버가 붉게 웃었다.

"응. 왜, 싫어? 나는 누나가 내게 매일매일 빚졌으면 좋겠어. 누나가 평생 못 갚을 정도로 빚졌으면 좋겠어. 누나는 착한 사람이니까. 빚을 잊지 않는 사람이니까. 그러면 누나를 속박할 수 있을 테니까."

숨길 생각도 없는 모양이다. 내가 망설이자 리버가 손가락을 폈다.

"리버, 리버 윈터 님이 방금 최고가액을 불렀습니다!"

그레이가 손가락 두 개를 폈다.

"더블, 두 배로 내겠다는 건가요?"

아리네스가 손가락 세 개를 핀다.

"트리플, 트리플이 나왔습니다! 세상에! 트리플입니다!"

그만해, 미친놈들아! 차라리 이럴 거면 고아원을 가겠다고!

6.

샀다. 결국 샀다. 정확히 말하면 그레이는 여자 머메이드를 사도 충분하다며 포기했고, 아리네스는 리버 때문에 내 재산 거덜 나겠다며 봐줬다.

그렇다고 해도 내가 처음 준비했던 예산을 까마득하게 넘는 숫자란 건 변함이 없다.

여기 화폐로 자그마치 1억 샤인이니까.

“이야, 저거 하나면 큰 영지 하나 사겠네. 누나 이거 칼 팔아서 갚을 수 있겠어?”

“3년 무이자 할부로 하죠.”

“무이자?”

여기서 물러나면 평생 호구다.

“전 분명히 하겠다는 소리는 안 했거든요? 이건 그저 절 위해 나서 준 리버를 위해 조금 도의적인 책임을 지겠다는 겁니다. 그러니 원. 금. 만 갚겠습니다.”

“갚을 돈은 있고?”

앞으로 마련해야지. 칼 팔아서. 다행히도 예장검 대회에서 우승한 이후로 많은 귀족가에서 주문이 쇄도하고 있으니, 그거 하나 믿어 봐야겠다.

“키스 한 번에 10만씩 까는 건 어때?”

나는 놈의 정강이를 걷어찼다. 비명을 지르는 놈을 무시한 채 대기실로 향했다.

그러다 문득 이상한 예감이 느껴져서 뒤를 돌아보니 그곳에는 그레이가 있었다.

‘인기척이 전혀 느껴지지 않았어.’

보통이라면 발걸음 소리라든가 숨을 쉬었을 때 뱉어내는 미묘한 온기가 느껴졌어야 옳다. 그러나 그는 그게 없었다.

마치 처음부터 그 자리에 없는 것처럼 무색무취하다.

"왜 따라오신 거죠?"

"가까이서 보고 싶어서. 수컷 머메이드는 대체 무슨 소리를 내는지 말이야."

나도 꽤나 미쳐 있지만 그는 한술 더 뜬다.

"돌아가시죠."

"아아, 이렇게 찾아와 준 보디가드를 무시해서야 쓰나. 리버란 녀석, 돈을 지불하러 갔던데 그동안은 레이디를 에스코트해 줄 사람이 필요하지 않나."

보통의 사교계 레이디라면 그렇겠지.

"필요 없습니다."

그를 밀어내려고 하자 그가 내 손을 피한다. 그러고는 멋대로 대기실 문을 열고 들어가는 게 아닌가. 와, 미치겠네. 그는 자신의 옆자리를 손으로 톡톡 두드린다.

누가 보면 입찰자가 본인인 줄 알겠다.

이런 곳에서 유혈 사태를 일으킬 수도 없다. 나는 어금니를 꽉 깨물고는 그의 옆자리가 아닌 건너편에 앉았다.

그곳에서 기다리고 있으니 이윽고 호위병들과 관계자, 그리고 우리의 주인공이 걸어 나왔다.

팔은 수갑으로 묶여 있었고 목에 건 초크는 여전하다. 평범한 검은색 바지에 흰 셔츠를 입었는데 고급스러워 보이는 이유는 저 얼굴 때문이겠지.

사람이라기보다는 한없이 인형에 가까운 저 얼굴 말이야.

"상처 난 곳은 없는지 확인해 보시겠습니까?"

이 자리에서 옷을 벗기려 하기에 나는 손을 저었다.

"아, 아니! 괜찮아요."

그는 내게 이런저런 서류와 감정서들을 내밀었다. 그의 혈통과 건강에 관한 것들이었다. 이야기를 들으면서 힐끗 그를 바라보았다.

눈이 죽어 있었다. 이곳이 아닌 먼 곳을 바라보는 눈빛이었다.

"수갑은 풀겠습니다."

관계자가 그의 수갑을 풀어 주었다. 내가 덧붙여 말했다.

"목에 있는 초크도 풀어 주세요."

그 말에 관계자가 놀란다.

"초크요? 이건 전기 충격 기능이 있어서 도주 및 반항을 억제하는 용도인데요."

"그래서 풀어 달라는 겁니다."

명령을 어길 때마다 목에 전기 충격이 날아온다니, 그런 물건을 차게 하고 제자라고 부를 수는 없다.

물의 태생인 그가 어쩌다 보니 철을 다루는 기술을 전수받게 되었지만 그것도 어디까지나 본인이 원해야 가능한 일.

무엇이든 자발적이지 않으면 의미 없다.

'그냥 고향으로 돌려보내 달라고 할 수도 있고.'

아, 그렇게 되면 그 돈은 어떻게 갚아야 하는 걸까.

한 번의 선의로 평생 리버 종살이를 해야 하나. 물론 그거야말로 리버가 원하는 결말일 거다. 하지만 나도 마냥 사람 좋기만 한 호인은 아니다.

그때는 고민 좀 해 봐야지.

'어느 쪽을 선택하든 저 초크는 필요 없어.'

그렇기에 한 번 더 요구했다.

"풀어 주세요."

"그러면 수갑을 다시 채우고 풀어야 하지 않을까요?"

"괜찮습니다."

관계자는 망설이더니 결국 단념했다. '당사는 이후의 결과를 책임지지 않습니다.' 라는 프로페셔널한 말을 하고는 열쇠로 초크를 풀어 주었다.

탕.

금속 초크가 땅에 떨어지는 순간, 그의 죽은 눈빛이 돌아온다. 마치 달빛에 부풀어 오르는 파도처럼 그는 격렬하게 분노했다.

아름다웠다. 사물이 생명을 찾는 순간이었다. 그의 양 뺨에, 양 손끝에 혈색이 돌아왔다. 그의 목이 맥동한다. 그의 손톱이 길게 자란다. 그의 팔에 비늘이 돋아났다.

"크아아아악!"

그가 나를 향해 뛰어오른다. 나는 당황해서 움직이지도 못하는 경비대의 허리춤에서 검을 뽑는다. 그의 손톱을 가볍게 쳐 냈다.

타앙!

검 끝이 맑은 소리를 낸다.

'상처 내고 싶진 않아.'

나는 검을 떨어뜨리고는 그의 품에 파고들었다. 내공조차 쓰지 않았다. 최대한 약한 타격, 그러나 상대를 제대로 무력화시키려면!

유권의 묘리를 담아 그의 팔을 부드럽게 잡았다. 그러고는 그가 나를 공격하려 했던 힘을 이용하되 방향만 비틀어 꺾었다.

우드드득!

탈골이 최고다. 그레이가 감탄했다.

"방금 건 순수하게 여자의 힘만으로 반격했군."

"아아, 얼마 전에 며칠 그렇게 살아야 했거든요. 그래서 연구를 좀 했어요. 어떻게 하면 순수한 여자의 몸만으로도 강대한 적을 무찌를 수 있는지."

"흠."

"무예의 근본이잖아요. 애초부터 모든 무(武)란 약자가 타고난 강자를 이기기 위해 만들어진 것. 돌도끼로 맹수를 사냥하는 방법을 늙은 전사가 어린 전사에게 전수한 게 시초라고 하죠."

엘의 성에서 겪었던 그 감각은 내게 꽤나 많은 것을 남겼다.

과연 무(武)라는 것은 뭘까. 그 본질은 무엇일까. '타인보다 강한 힘에 타인보다 강한 마력으로 휘두르는 게 과연 진정한 무예라고 할 수 있을까.' 하는 여러 가지 생각을 하게 되었다.

"지켜 줄 틈을 안 주는군."

내가 답했다.

"이래 봬도 용사 집안에 태어나서 말이죠, 보호받는 것보다 보호하는 게 익숙합니다."

그 순간, 내 발밑에 깔려 있던 그가 중얼거렸다.

알아들을 수 없는 말. 그러나 확실한 건 이것은 욕설이나 평범한 불평이 아니라는 거다.

아카넬이 가끔 했던 것과 비슷하다. 오래된 약속의 언어다. 그의 주위로 엄청난 물이 치솟는다.

그것도 사람의 살을 찢어 버릴 수 있는 강력한 수압이!

쿠가가가각!

"물의 정령을 불렀군."

그때 그레이가 소파 모서리에 손을 얹었다. 그 순간 금속 모서리가 그의 손에 공명했다. 그가 말했다.

"철의 소리를 듣는 동지님은 아시겠군."

그가 손을 쓸자 철이 뜯겨 나간다. 아니, 뜯겨 나간다는 표현은 부족했다. 그는 그 철에서 검을 뽑아냈다.

단순히 철의 재질을 살핀다거나 아무리 무거운 철도 내가 들 때는 무게를 0으로 만들 수 있다거나 하는 문제가 아니었다.

그는 철을 손끝만으로 조형해 냈다.

'평범한 철검.'

물론 그가 뽑아 낸 검에 특별한 능력이 있는 건 아니었다. 염원이 들어 있는 것도 아니었다. 그러나 어쩐지 저 검에서는 불길한 예감이 밀려 왔다.

"비켜요. 제가 처리할 겁니다!"

"왜 막는 거지?"

"당신은 그의 내장 소리가 궁금한 거잖아요!"

"썰다 보면 어쩔 수 없는 일 아닌가. 경쟁자의 진보가 질

투가 나는 모양이군, 레이디 알테리온. 걱정하지 마. 복구가 힘든 상해를 입혔을 경우 노예값은 내줄 테니까."

아니, 더 높은 경지가 부럽기는 한데 그렇다고 애써 풀어준 노예의 배때기에 칼을 박으면서 서로의 무위를 고취시키고 싶지는 않다고!

'역시 어디 하나 자르고 시작해야 하나.'

나는 발끝으로 떨어져 있는 검을 튕겨 다시 잡았다. 물살이 더욱 거세진다. 나는 검을 느낀다. 그레이를 막고 그에게 가장 최소한의 타격을 주기 위해 준비한다. 머메이드는 숨을 삼킨다. 그가 명령하자 정령들이 일제히 물을 얼음으로 냉각시켰다. 수천 개의 얼음 칼날이 그를 감싸며 난반사를 한다.

'아름답네.'

머메이드족들은 원래 이토록 아름다운 걸까. 증오를 담아 쏘는 표정마저도 신이 만들어 낸 조각 같았다.

차가운 숨을 깊게 숨을 쉬고는 그를 향해 몸을 튕긴다. 바람을 느낀다. 얼음의 창을 검격으로 하나하나 쳐 내면서 그에게 접근한다.

그가 나와 그레이를 향해 더욱 강한 공격을 하기 시작했다. 얼음의 정령이 내 뺨을 스치고 지나간다. 나는 막는 대신 피한다.

츠가각, 얼음의 칼날이 뺨을 스치고 선혈을 만든다. 나는 그의 팔을 노리고 검을 꽂는다.

그는 비늘이 돋아난 손으로 정면에서 검을 받아 낸다.

까아앙!

단단하다. 경도는 다이아몬드와 같았다. 그러나 경도가 아닌 강도, 베는 힘이 아닌 때리는 힘이라면 어떨까?

나는 몸을 돌린다. 스트라이프 원피스가 꽃처럼 부풀어 올랐다. 회전차기!

빠아악!

그의 몸이 원운동을 그리며 날아간다. 하지만 이내 자세를 잡아 낙법을 취한다. 거기다 꽤나 힘을 담아 차 버렸는데도 비늘에는 손상 하나 없다.

'오, 저걸로 무기 만들고 싶네.'

이 와중에 이런 생각이 드는 걸 보면 나도 그레이를 욕할 게 아니다. 하지만 호기심이 생기는 건 어쩔 수 없다고.

나는 검을 늘어뜨려 공격 의사가 없음을 재차 보여 준다. 그러나 그의 주변에 더 많은 얼음들이 맺히기 시작했다.

"역시 내가 나서지."

"아, 좀. 가만히 있으라고요."

나는 그를 제지했다. 바닥이 그가 만든 얼음으로 찢어지기 시작했다. 이 방 전체에 얼음이 맺힌다. 숨을 쉬는 것조차 버겁기 시작했다.

갑자기 머메이드의 그림자가 4방향에서 솟아오르고 그가 당황한다. 리버의 목소리가 내 등 뒤에서 울렸다.

"어라, 돈 계산 하고 왔더니 왜 이러고 있어?"

상자가 닫히는 소리가 들렸다.

탁.

머메이드가 있던 자리에는 새카만 보석 상자가 툭, 떨어졌다. 리버가 내 그림자에서 솟아났다.

그레이가 말했다.

"봉인 마법이군. 그것도 최상급 봉인 마법."

그 얼음들이, 벽을 타던 서리조차도 거짓말이라도 되는 양 사라졌다. 그저 그가 있던 자리에 남은 얼음으로 갈라진 자국만이 방금 있었던 일이 꿈이 아니라 현실이라는 것을 알려주고 있었다.

방 안에 있는 모든 이가 경악으로 침묵한다.

리버는 구두로 침묵을 밟으며 뚜벅뚜벅 상자로 걸어갔다.

"호, 마법사도 아닌데 알아본단 말이야? 당신 장님인 걸로 알고 있는데."

"소리가 들렸으니까."

리버는 상자를 집어 들었다. 자세히 보니 완전히 까만 게 아니라 내부가 보이는 반투명한 상자였다. 그것도 금속이 아니었다. 순수하게 그림자로 만든 상자.

상자 안에는 작아진 머메이드가 의식을 잃은 채 몸을 웅크리고 있었다.

"누나, 이거 진짜 가질 거야? 목걸이라도 좀 걸지."

흡사 애완견 사 주는 부모처럼 그는 투덜댄다.

나는 그제야 리버가 인간이 아니라는 것, 데미갓이라고 불리는 아크 리치라는 사실을 실감한다.

온 힘을 다해 싸워야 할 것들이 그에게는 마치 개미의 투쟁처럼 보이는 것이었다.

방금 기술, 사람이 개미를 집어 상자 안에 넣는 것만큼이라도 힘이 들었을까.

주문도 없이 그저 작은 손짓만으로 강대한 생명체를 봉인해 버렸다. 그렇기에 그에게 생명이란 한없이 가벼워 보이는 것이겠지.

"제가 원하는 건 제자지 노예가 아니니까요."

"말도 안 통하는 거 같은데?"

내가 손을 내밀자 리버가 상자를 건넨다. 순수하게 그림자로만 만든 상자다. 촉감이 유리와도 같았다. 리버가 그렇게 가공한 거겠지만.

리버가 말했다.

"팔다리 다 자른 다음에 대화하면 어때? 말 통하면 붙여 줄게. 후유증도 없을 거야."

그게 무슨 개미 다리 뜯는 소리입니까. 이 미친 매드 사이언티스트야. 도로 붙이기만 하면 단 줄 아나.

"그렇게까지 하고 싶진 않네요."

내가 고개를 젓자 리버가 내 뺨에 난 상처를 손가락으로 훑었다. 핏방울을 혀로 핥으며 내게 속삭인다.

"내 누나를 건드렸는걸. 원래였다면 모든 관절을 하나하나 다 뽑아 버렸을 거야. 206개를 전부."

"그만……."

"내겐 이런 장난감보다 누나의 피 한 방울이 훨씬 소중하니까."

그렇게 말하며 눈을 초롱초롱하게 빛냈다. 고맙다는 감정보다는 여기서 어서 빠져나가고 싶다는 마음이 앞선다. 리버가 명랑하게 말했다.

"자, 그러면 계산 끝났으니 돌아가도 되죠?"

관계자가 하얗게 질린 얼굴로 고개를 끄덕였다.

7.

밖으로 나오니 새벽이다. 동쪽 너머로 아침 해가 보인다. 이른 아침부터 굴뚝마다 빵 굽는 연기가 가득하다.

집에 돌아오니 청안이 경악했다.

"아, 아가씨! 이게 무슨 일입니까요!"

허허허, 그러게 말이다. 노예를 사 올 줄 알았는데 무슨 새카만 상자를 하나 들고 왔다. 거기다가 주름 하나 없던 스트라이프 원피스는 갈기갈기 찢어지고 나갈 때 썼던 챙 있는 모자는 어디다 잃어 버렸는지도 모르겠다.

청안에게 그간 있었던 일을 짧게 설명해 주고는 손님방으로 향했다.

"봉인은 어떻게 풀죠?"

"상자를 열면 돼. 그러면 원래대로 돌아갈 거야. 이 녀석의 그림자로 만든 상자니까."

"그림자로 봉인을 해요?"

"어린 애들이 심심풀이로 하는 '그림자밟기' 같은 거지. 술래가 그림자를 밟으면 밟힌 사람이 움직이지 않는 놀이 말이야. 그게 원리야."

그렇게 말을 해도 내가 뭔 수로 알아듣겠나. 아니 그 전에, 지금 시대의 마법사들 중에서는 몇이나 리버의 말을 알아들을까.

상자 뚜껑을 여니 어둠이 부풀어 올랐다. 마치 상자가 있던 자리만 한밤중 같았다. 이윽고 어둠이 걷히고 그 자리에는 머메이드가 누워 있었다.

"눈을 안 뜨네요."

"수면 상태야. 기다리다 보면 일어날 거야."

리버가 몸을 일으켰다.

"그러면 방해꾼은 가 볼게, 누나. 아, 참."

그가 문고리를 열다 말고 돌아보았다.

"아무리 마법사인 나라도 힘 차이는 알고 있고, 누나가 저 녀석을 안 다치게 하느라 많이 봐줬던 것도 알고 있어. 아마 저 녀석이 힘껏 공격해도 누나를 죽이진 못할 거야."

역시 지켜보고 있었구나. 처음부터 나서지 않은 것은 내가 어떻게 행동을 취할지 지켜보려고 했기 때문이리라. 리버가 내 다친 뺨을 쓸었다.

"그만큼 지금의 누나는 강하니까. 우리 같은 존재가 아닌 이상 누나를 죽일 수 있는 이는 없으니까. 하지만 봐주는 건 한 번이야. 저 녀석이 다시 누나를 다치게 한다면. 손톱, 발톱, 머리카락 한 올이라도 상하게 한다면……."

그림자를 타고 오르는 살기에 몸이 굳는다. 리버는 내 뺨에 키스했다.

"…말했지. 사람 뼈는 206개라고. 그렇다면 머메이드의 뼈는 몇 개일 거라고 생각해? 나는 그게 너무 궁금하더라."

그 말을 끝으로 리버가 입술을 뗀다. 그러고는 그대로 가 버렸다.

나는 그가 가 버린 후에도 한참이나 그 자리에서 움직일 수 없었다.

8.

인어가 깨어나지 않는 동안 청안을 시켜서 씻겼다. 리버 덕분에 그의 몸에 상처 하나 없이 사로잡을 수 있었다. 리버는 한 번은 용서해도 두 번은 없다 하였으니 날 건드리는 순간 끔찍한 일이 일어날 게 자명했다.

'인어 뼈가 몇 개인지 하나하나 다 떼어 보겠지.'

그놈은 한다면 하는 놈이다. 거기다 리버의 능력이라면 단순히 뼈를 분해하는 수준을 넘어 마지막 두개골 뼈를 뜯을 때까지 목숨도 붙어 있고 통각도 유지하게 할 수 있다.

아크 리치의 협박이란 건 그런 거다.

차라리 아카넬처럼 매우 점잖게, '다음번에는 좀 더 버러지의 처지란 게 뭔지를 교육시켜 주지.' 정도로만 해 줬어도 좋으련만. 역시 왕국 불태우고, 역병 뿌리고, 악의 조직이나 만들고 살던 인성이 어디 가는 게 아니다.

청안은 그에게 새로운 옷까지 입혀 주었다.

"아가씨, 정말 저자를 받아들이실 건가요?"

"저 사람이 원한다면요."

청안은 내키지 않는지 살짝 뺨을 부풀렸다.

"싫어요?"

"저 사람이 싫은 건 아니에요. 하지만 아가씨를 다치게 했잖습니까."

"일단 대화는 해 봐야죠."

"그렇지만……."

청안은 당황하더니 이윽고 입을 열었다.

"아가씨."

"음?"

"인간들은 원래 데리고 있던 노예를 버리고 싶을 때 젊고 새로운 노예를 들여서 늙은 노예에게 인사를 시킨다고 합니다."

그 말에 나는 먹던 차를 뱉었다. 당황해서 기침이 멈추질 않는다.

"뭐, 뭐라고요?"

"혹시 아가씨, 늙었다고 저를 버리시는 건 아니죠?"

"청안, 청안의 종족은 인간보다 오래 살잖아요."

"무, 물론 저는 저희 종족치고 아직 젊은 편이지만 그래도 아가씨가 저한테 질리신 걸 수도 있잖아요! 그, 그렇다고 아가씨를 원망할 마음은 추호도 없지만 그, 그래도!"

아이고야. 헛다리를 짚어도 몇 바퀴를 짚었는지를 모르겠다.

"아뇨. 청안, 저는 당신을 버리지 않을 거예요. 물론 청안 당신이 저와 하는 일에 질려서 스스로 떠나겠다고 한다면 그걸 막을 생각은 없……."

"그런 일은 없습니다!"

청안의 꼬리털이 빗자루처럼 부풀어 올랐다. 와, 엄청 흥분했구나.

"아무튼 저는 아가씨뿐이라고요."

"저도 같은 마음이에요."

청안의 얼굴이 붉어진다. 뭔가 오해를 했나? 하지만 틀린 말은 없다. 나는 청안이 없으면 당장 오늘 아침밥도 못 먹으니까.

"어찌 되었건 이 사람은 어디까지나 제자로 데려온 거고 의견을 물어봐야 해요. 그리고 저는 청안을 버릴 마음은 추호도 없고요."

"아, 알았습니다. 아가씨."

청안의 표정이 조금 밝아졌다.

"벌써 아침이 되었지만 날을 새우셨으니 지금 주무실 거죠? 자기 전에 먹기 편한 요리로 준비하겠습니다."

청안이 기쁘게 국자를 흔들었다.

9.

한숨 자고 일어나니 창밖이 어둡다. 눈 뜨고 햇빛 대신 달이 보이는 걸 보니 생활 패턴이 완전히 뒤바뀌었구나 싶다. 내려오니 식탁에는 청안이 미리 음식을 차려 놓았다. 요거트 냉스프에 클럽 샌드위치, 토끼 고기 파이다.

전부 차게 먹는 음식이다. 내가 밤중에 일어날 때를 생각해 미리 만들어 놓은 모양이다.

나는 토끼 고기 파이를 한 조각 집어 입 안에 넣고 우물거렸다. 어떻게 가공한 건지 고기도 부드럽고 육즙도 많다.

요거트 냉스프에는 배와 복숭아, 딸기가 듬뿍 들어 있었는데 끝 맛이 산뜻했다.

나는 대충 옷을 갈아입고 뒤뜰로 향했다.

깊게 숨을 들이쉬며 스트레칭을 한다. 수련 전에 몸을 구석구석 풀어 놓기 위해서다.

'마력을 쓰지 않고 싸우는 경지란 무엇일까.'

무(武)의 본질이란 약자가 강자를 제압하기 위해 만들어진 거다. 우리 선조께서 넘어오신 동대륙에서는 여성의 몸으로도 강한 타격을 줄 수 있는 절기들이 많았다. 내시가 사용했다는 팔괘장이나 영춘권도 비슷한 맥락이다.

팔괘장의 경우 손바닥, 즉 장으로 타격하는 방법인데 극한에 이르면 검술의 고수도 제압할 수 있다. 소매를 붙잡아 쓸어내리는 우아한 준비 자세와 물 흐르듯 이어지는 기품 있는 타법이 장점이다.

영춘권의 경우 한 보 앞에 있는 적을 빠르게 타격하는 데 중심을 둔다. 단거리 무술로는 이것만큼 상대에게 타격을 주는 게 없다. 그러나 그만큼 단점도 크다. 원거리에 있는 적이나 창을 든 적을 상대로 싸우기가 어렵다.

'나는 둘 다 알고 있지.'

무(武)에 대한 지식만큼은 오빠도 나를 따라오지 못한다. 얼마나 열심히 배웠는지 아버지가 혀를 내두를 정도였다.

권, 각, 보, 검, 창, 궁, 격.

기본적으로 나는 모든 무기를 다룰 줄 안다. 그렇다면 마력에 의지하지 않고 강대한 적도 상대할 수 있지 않을까?

'드래곤과 인간, 사신수와 인간의 차이만큼이나 크니까.'

내가 아카넬, 엘, 리버를 이기기 위해서는 이 해답을 알아내야 한다. 절대적인 약자가 절대적인 강자를 이기는 법.

'그리고 그레이의 숨겨진 힘도.'

철의 소리를 듣는 능력. 그는 나보다 일보 더 정진해 있다.

그는 단순히 철의 소리만을 듣는 게 아니다. 살과, 뼈, 물체의 본질을 들을 줄 안다. 그리고 그것을 재가공하는 형태까지 나아갔다.

십수 년을 그렇게 살아왔기에 가능한 거고, 그를 따라잡으려면 똑같은 방법으론 안 된다.

나는 나만의 방법이 있을 테니까.

가부좌를 틀고 앉아서 천천히 마력을 받는다. 동대륙에서는 이것을 기(氣)라고 부른다.

공기 중에 섞여 있는 에너지. 이 세상을 구성하는 요소.

모든 문명 종족은 이것을 몸 안에 축적하고 기적을 일으키는 일을 할 수 있다. 이것을 근육에 보내면 주먹으로 바위를 부수고, 무기에 불어넣으면 검기가 된다.

피부에 불어넣으면 일시적으로 몸을 단단하게 만들 수 있고, 언어에 불어넣으면 오래된 약속이 발현된다.

나는 마력을 삼켜 몸 안에서 천천히 휘돌게 만들었다. 우선은 단전.

보통의 검사들은 마법사와 똑같이 심장에 마력을 축적하지만, 동대륙이 기원인 우리 가문은 배꼽 아래 단전에 축적한다.

단전에서 뜨거운 기운을 움직여 천천히 몸 구석구석 기맥을 따라 맥동하게 만든다. 그와 동시에 손과 발끝에서 시원한 기운이 흘러나와 함께 휘돌기 시작했다.

물의 힘이다. 내가 과거 물의 근원과 동조하고 몸이 변화한 이후로 새로운 힘이 내 마력과 함께 휘돌았다.

충돌한 적은 없었지만 결코 섞이는 일도 없었다. 위기 시에 스스로 빠져나와서 검기에 섞이기도 하는데, 그때는 본 적 없는 강력한 힘을 내곤 했다.

'내 의지로 언제든지 끌어낼 수 있다면 좋겠지만.'

해답을 못 찾겠다.

그렇게 몸 구석구석 마력을 주천시키고 나니 온몸이 땀으로 흠뻑 젖었다.

내 몸의 숨겨진 모든 문이 열린 게 느껴진다. 맑은 밤공기에 땀이 증발한다.

이제 시작이다.

마력을 꺼내지 않고 천천히 권무를 시작했다.

처음에는 가장 기초적인 알테리온식 유권이다. 손끝으로 태극을 그리며 연무를 해 나갔다. 아버지는 이 손동작 하나하나가 음과 양, 빛과 어둠을 상징한다 하였으나 그런 깊은 이야기는 나는 잘 모른다.

그저 적의 공격을 원운동을 이용해 뒤틀어 꺾어 버리는데 좋다는 것만 알고 있다.

그도 그럴 것이 이번에 그 머메이드가 공격했을 때도 유권으로 놈의 힘을 이용해 팔 관절을 뽑아 버렸으니까.

유권의 연무가 끝나고 팔괘장으로 넘어간다.

손끝에 집중하며 기품을 잃지 않도록 수려하게 움직인다.

'어렵다.'

차라리 유권이나 영춘권 같은 단순 단타라면 생활에서 사용하기도 좋고, 연계도 편하다. 그러나 팔괘장은 해석도 난해하고 연계도 어려워서 실전에서 쓰는 일이 거의 없다.

'그래도.'

태극이 아니라 물의 움직임을 연상해 본다. 조금은 손끝에 기품이 돌기 시작했다. 팔괘장의 기본은 원이고, 그렇다 보니 늘 다리와 척추를 분리해서 움직여야 한다고 생각했는데, 아니다. 잘 보면 조화가 있었다.

문득 인기척이 느껴졌다. 나는 자세를 풀지 않고 그대로 허리를 비틀어 뒤를 돌아보았다.

그곳에는 머메이드가 있었다.

'깨어난 모양이네.'

그러나 이번에는 공격할 의사가 없는지 그냥 나를 쳐다

본다.

"그러고 보니 이름이 뭐예요? 증명서에도 이름에 대한 건 없던데."

"……."

그는 대답하지 않았다. 문득 불안해졌다.

"전부터 느꼈는데, 혹시 공용어를 쓸 줄 모르는 건가요?"

"……."

역시나 대답이 없다.

그는 정령을 소환하더니 허공에서 얼음의 창을 뽑아낸다. 공격 의사인가 싶은데 살기가 느껴지지 않는다.

그는 한쪽 손으로 자신의 심장 부분을 누르고는 허리를 굽혔다. 그제야 나는 그가 뭘 청하는지 알 것 같았다.

'대련.'

10.

내 이름은 셀루리언이다. 줄여서 셀룬이라고 부른다.

우리는 우리를 '머메트'라고 부른다. '사람'이라는 뜻이다.

평생 수중에서만 살아가는 종족이기에 우리를 지칭하는 단어는 달리 없다. 우리는 사람이다. 머메트다. 우리에게 있어 사람이란 물속에 살고, 다리 대신 지느러미가 있는 걸 말한다.

그게 인간 종족들의 언어로 옮겨 가면서 머메이드라고 불리기 시작했다.

수면이 어두워지고 파도가 치면 늘 인간들의 물건들이 떠내려왔다. 가끔 인간 그 자체가 내려오기도 했다.

차가운 해류를 타고 흘러내려오는 것들은 늘 늦게 썩었다.

나는 그것들을 발견하고 용도를 알아보는 걸 좋아했다.

우리 일족은 남자가 귀하다. 괜히 인간의 책이나 조각품에 여자 머메이드만 나오는 게 아니다. 남자는 일부 극소수.

나는 일족에 다섯밖에 없는 남성이다. 그것도 최상급 물의 정령까지 다룰 수 있는 능력을 갖고 있다. 최상급 물의 정령을 다룰 수 있는 머메이드는 왕과 여왕을 제외하고는 내가 유일하다.

'지상의 일에 간섭하지 말거라, 셀룬.'

지금 생각하면 그 말을 따를 걸 그랬다. 그러나 나는 호기심을 이기지 못하고 금기를 어겼다. 대양은 언제나 내게 따분함만을 주었으니까.

인간들에게 잡혔을 때 인간들에게 내가 적의가 없음을 알려 주기 위해 애를 썼다. 그러나 그들은 도리어 나를 공격했고 노예로 만들었다.

나는 갇혔고, 이루 말할 수 없는 일들을 당했다.

인간의 언어를 말하지는 못해도 듣기는 할 수 있을 즈음, 그제야 '노예'가 무슨 뜻인지 깨닫게 되었다.

나는 노예였다. 바다에서는 노예 제도가 없었다.

대양의 여신 아래서 모두가 평등했으니까.

왕과 왕비가 있어도 그들은 우리를 수호할 뿐 지배하지는 않는다.

나는 몇 번의 주인을 거쳤고, 저항할 때마다 전기 충격이 가해졌다. 그러나 나는 끊임없이 반항했다. 다시 바다로 돌아가고 싶었다. 내 친구들이 있는 그곳으로.

그게 힘들다면 차라리 죽는 편이 낫겠다 싶었다.

'카이, 카이 알테리온.'

바다를 닮은 눈을 가지고 있는 소녀였다. 기이하게도 그녀에게서는 깊은 물의 향기가 났다.

심해로 내려가다 보면 소금기 없는 물이 흐르는 층이 있다.

물속에 또 다른 물이 흐른다는 표현이 이상하지만 그렇다. 순수하게 물만이 모여 있는 곳이 강처럼 흐른다.

그녀에게서는 그런 향기가 났다.

쿡 찍으면 배어날 것 같은 그런 냄새가.

'풀어 주세요.'

그녀는 나를 풀어 주었고, 나는 그녀에게 공격으로 답했다. 더는 인간을 믿을 수 없었다. 차라리 나를 죽여 주었으면 했다. 그리고 결과는 뻔했다.

이상한 마법사가 나를 제압하기 전까지 그녀는 내게 상처 하나 입히지 않으려 애를 썼다.

'어째서일까. 압도적으로 강한 건 그녀 쪽일 텐데.'

단순히 나를 사로잡아 써먹으려 하는 것이었다면 초크를 풀 이유가 없었다.

정신을 차리니 나는 새로운 옷을 입고 있었다. 깨끗하게 다려진 옷이었다. 속옷도 제대로 갖춰져 있었다. 성 노리개로 사용하기 위한 용도는 아닌 모양이다.

나를 성 노리개로 사용했던 인간은 나에게 벗은 몸에 장신구만 입혔으니까.

'이상한 계집.'

탁자 위에 올려놓은 샌드위치는 생선으로 만든 것이었다. 양배추 대신 해초를 넣었다. 머메이드인 걸 배려한 모양이지만 사실 닭이나 토끼 고기여도 그리 상관없다. 인간도 육지에 살지만 고기만 먹는 게 아니라 생선도 먹지 않나.

'마약이나 미약이 들어 있는 건가.'

주인들 중에는 그걸 시도한 자들도 꽤 있었다. 마약이나 미약에 중독시켜서 자신의 말을 고분고분하게 듣게 하고자 하는 주인들. 그러나 인어에게는 그런 게 통하지 않는다.

우리는 활동 중인 해저 화산 속에서도 살 수 있다. 그곳에서 나오는 유독 물질들은 우리에게는 그저 별식일 뿐이다.

'정상이군.'

마약도, 미약도 없다. 오히려 맛이 훌륭했다.

지상으로 온 이후로 이토록 맛있는 음식은 처음이었다.

'신기하군. 그냥 평범한 샌드위치 아닌가.'

진귀한 재료를 넣은 것도 아니었다. 요거트 냉스프도 마찬가지다. 그냥 그릭 요거트에 우유와 설탕, 꿀을 섞고 올리브유 한 방울을 띄운 뒤 과일을 잘라 넣은 게 끝이다.

'놀랍군.'

수준급이다.

원래 인간이 주는 음식은 최소한만 먹어 왔던 나다. 그러나 그것은 모두 해치울 수밖에 없었다. 아니, 정신을 차리니 손에 들고 있던 모든 음식들이 위장으로 넘어간 지 오래다.

탕!

창밖에서 소리가 들렸다.

밖을 보니 그 소녀가 홀로 권무를 추고 있었다. 주먹을 쥐고 한쪽 다리를 들고 학처럼 움직이더니 어느새인가 공기를 찢는 패도적인 권을 연공하기 시작했다.

해저에서는 정령술과 창술을 주로 사용하지 맨손으로 적을 상대하는 일은 거의 없다.

그랬기에 더욱 신기했다. 역대 주인들은 언제나 두 명의 노예를 시켜 한쪽이 죽을 때까지 싸우는 걸 지켜보기를 좋아했지 본인이 직접 몸을 움직이는 건 본 일이 없었다.

그녀의 목을 타고 땀이 흘러내렸다. 그러나 지치지도 않는지 계속해서 공기를 삼키고, 때리고, 휘감는다.

그녀의 땀이 달빛을 받아 별처럼 반짝였다. 금빛 머리카락이, 어둠을 반사한다.

넋을 잃을 정도의 광경이었다.

나는 습관적으로 목을 만졌다. 여전히 초크는 없다. 도망치려면 지금이 기회였다.

원한다면 물로 돌아갈 수 있었다. 동료들을 다시 만날 수 있었다.

친구들에게 지상은 지옥이었노라고, 나는 거기서 겨우 살아서 돌아왔노라고 말할 수도 있었다. 그러나 그녀의 권이 공기를 때렸다.

파앙!

맑고 경쾌한 소리가 터진다.

'저 소리를 만지고 싶다.'

처음 드는 욕망이었다. 도망치려면 도망칠 수 있었다. 하지만 그놈의 몹쓸 호기심이 고개를 들이밀었다.

나를 이 지상으로 보낸 스위치. 저주와도 같았다.

억누른다. 억눌러야만 했다.

그녀는 소매를 붙잡고 원을 그리며 걸어갔다. 그 안에 허점이라고는 하나도 없었다. 그 팔에 내 창을 얽어 보고 싶은 충동이 밀려왔다.

그때 그녀는 나를 봐줬다.

물론 그녀가 평범한 인간 여성이라고 방심한 탓도 있었다.

진짜로 싸운다면? 전사 대 전사로서 순수하게 대련한다면 누가 이길까.

'도망쳐.'

본능이 속삭였다. 그러나 몸이 움직이지 않는다. 그녀에게서 눈을 뗄 수가 없었다.

결국 빌어먹을 스위치가 눌려 버렸다.

정신을 차리니 나는 그녀 앞에서 결투를 청하고 있었다.

이름을 가르쳐 주지 않은 것이 내 유일한 저항이었다. 우리 일족은 진정 믿는 자들에게만 이름을 가르쳐 주니까.

11.

가는 싸움 안 붙잡고 오는 싸움 안 막는다.

대련이라면 이쪽도 환영하는 바다. 시험해 보고 싶은 것도 많았으니까. 그는 얼음 창을 나에게 겨누었다.

"마력은 쓰지 않도록 하죠."

"……."

말을 알아듣는 거야. 못 알아듣는 거야. 이거야 원, 대답을 해야 알지.

나는 한쪽 다리를 앞으로, 다른 쪽 다리는 뒤로, 그러고는 손은 작은 원을 그리며 그를 겨누었다.

그도 창을 뒤로 빼고 준비 자세를 한다.

'역시 보법은 미숙하네.'

일전에 한번 손속을 나누었을 때 느낀 거지만, 머메이드 족은 물속에서만 싸워서 그런지 보법이 턱없이 부족하다.

무(武)의 기본은 강인한 하체에서 나온다.

그걸 못 하는 이상 이미 절반은 진 셈이다. 그러나 동시에 그걸 상쇄할 만큼의 자질이 있다.

'공기를 읽어.'

물속에서 조류의 흐름을 읽으며 살아 와서인지 공기의 흐름에 기민하게 반응한다. 처음에는 착각인가 했는데 한 번 주먹으로 공기를 밀었을 때 그의 반응을 보니 알겠다.

보통 사람이라면 주먹 끝을 바라보는데, 이 사람은 타점, 즉 공기가 터지는 방향을 정확하게 바라보았다.

'잘 가르치면 좋을 거 같은데.'

그때 그가 내가 했던 것과 똑같은 걸음으로 초기 자세를 취하는 게 아닌가.

'와, 배웠어?'

겨우 한 번 본 것만으로 보법을 익히다니 그게 가능해? 그 순간, 그가 나를 향해 덤벼들었다. 순식간에 거리가 좁혀진다. 내 눈앞에서 그의 창이 꺾어 지른다. 나는 간발의 차로 피하고 지난번처럼 그의 창을 손으로 휘감는다. 아니, 휘감으려고 했다.

기술이 들어가기 직전, 그는 창의 방향을 튼다.

타앙!

'빨라!'

아무리 머리론 두 번은 안 당한다고 해도 몸으로 옮기긴 쉽지 않은 법이다.

'재미있어지는데.'

좋아. 이참에 내가 할 수 있는 극한까지 달려가 볼까!

12.

혼란스럽다. 주먹으로 공격하나 했더니 손바닥으로 때리고, 손바닥으로 치는가 했더니 고양이처럼 손을 말아 쥐고는 충격을 밀어냈다.

'강하다.'

어느 개체든 여성이 남성보다 약한 건 당연하다. 여성은 아이를 낳아야 하는 몸이기에 전투에는 부적합하기 때문이다.

그러나 그녀는 어떤 인간 남성보다도 강했다.

그냥 강한 수준이 아니었다. 한계가 보이지 않을 지경이었다.

'가지고 놀고 있군.'

물에 관해서는 누구보다 민감한 게 우리 종족이다. 그녀의 혈관이 어떻게 맥동하는지 알고 있다. 위액부터 담즙까지, 다 소화되지 못한 샌드위치를 두고 그녀의 체액이 움직이는 것까지 느껴진다.

그러나 이 순간 강렬하게 분비되고 있는 건 도파민.

나의 예전 주인 중 하나가 흑마법사였는데 내 눈앞에서 마약에 찌든 노예를 산 채로 해부하며 인체에 대해 하나하나 가르쳐줬다.

지금 이 순간 흥분과 즐거움이 그녀의 근육을 맥동시킨다.

주먹이 내 배에 꽂히기 직전, 권은 장으로 변한다. 그러고는 타점을 최대한 낮춰 힘을 뺀다.

타앙!

방금 그 공격이 진짜로 나갔다면 나는 칠공에서 피를 뿜었을 거다. 그러나 그녀는 그러지 않고 내 살만 조금 때렸다.

그녀가 원하는 건 간단했다.

더, 더, 더! 더 큰 무(武)를!

단순히 장난감 취급 한다기에는 내 몸에 대한 존중이 느껴졌고, 진지하냐고 하면 그것도 아니다. 어린아이의 놀이

와도 같았다.

나는 그녀가 했던 발기술을 따라 하며 간격을 좁힌다. 허점이 보이는 순간, 창을 직선으로 찔러들어 간다.

카아아앙!

보통 사람이라면 포탄이라도 맞은 것처럼 어깨 부위가 사라졌을 거다.

그녀는 창의 가속력을 꿰뚫어본다. 그리고 그 힘의 방향을 예측한다.

'이번에는 그 요상한 걸 쓰지 않는군.'

이번에도 창에 손을 얽어서 내 힘을 고대로 돌려 버리는 그 기술을 쓸 줄 알았는데, 이번에는 다르다. 그녀의 손이 우아하게 내 목을 붙잡는다. 정신을 차리니 바닥에 쓰러져 있다.

아프지 않다.

상처도 없었다. 살기가 없었고, 접근하는 기척도 없었기에 대비조차 못 했다.

마치 해초를 눕히는 조류처럼 부드럽게 내 몸을 얽어서 넘어뜨렸을 뿐이다.

'뭐였지?'

그녀가 웃으며 손짓한다. 그 의도는 명확했다.

'한 번 더.'

그녀의 척추를 타고 도파민이 더더더욱 치솟는다. 섹스를 해도 이만큼 배출될 거 같지가 않다.

실제로 그를 성 노예로 쓰던 전 주인들도 이만큼의 도파민을 대량 생산하지는 않았다. 그중 하나는 그를 아름답다, 아름답다 하며 암살당해서 죽는 그 순간까지도 행복에 겨워 범했던 인간이었는데도.

대련으로 행복해지는 여자라니.

뇌 구조가 이상한 거 아닐까.

그가 그동안 보았던 인간 여자들은 남자를 보고 사랑에 빠질 때, 혹은 섹스를 하거나 아이를 키울 때 도파민이 분비되었다.

'그래, 갈 데까지 가 보자.'

이상한 여자.

내가 어쩌다 섹스 노예에서 대련 노예로 전직하게 되었는지 모르겠다만, 이쪽이야말로 바라던 바였다. 그녀의 기술을 모두 훔칠 수 있으니까.

실제로 그녀는 한번 사용한 기술을 두 번 사용하지 않고 있다. 마치 세상 모든 무(武)를 알고 있는 사람인 양, 끊임없이 새로운 타법으로 나를 괴롭힌다.

'속도와 힘은 모두 다 내가 우세하다. 학습 능력 역시 뛰어나.'

그렇다면 부족한 건 뭐지?

마치 거대한 쓰나미를 상대하는 기분이 들었다. 끝이 보이지 않는다. 그녀는 강했다.

그 모습에 자꾸만 심장이 흔들린다. 즐거웠다.

13.

얼마나 더 했을까. 그녀와 나는 둘 다 연무장 위에 지쳐서 드러누웠다. 그녀의 근육이 어깨부터 척추까지 부르르 경련한다. 그녀가 떨리는 자신의 팔 근육을 내려다보며 웃었다.

"와, 이거 마력 없이 하려니까 정말 힘드네."

나보다 그녀가 더 지쳐 있었다. 당연했다. 그녀는 인간 여성이고 마력을 최대한 억누르며 싸웠으니까. 그동안 버틴 건 정신력으로 버텼다고 해도 과언이 아니었다.

그녀가 물었다.

"말 알아듣죠?"

"……."

"못 알아들었으면 마력을 안 썼을 리가 없어. 끝까지 마력 안 쓰고 싸웠잖아요."

할 말 없다.

나는 마지못해 고개를 끄덕인다. 그녀가 물었다.

"왜 안 도망간 거예요?"

"도망갈 줄 알았나."

"사실 걱정은 좀 했어요. 댁 엄청 비쌌거든요. 차라리 내 돈으로 사서 날린 거면, '에라, 모르겠다.' 훌훌 털어 버릴 텐데 다른 사람이 샀거든요. 어쩌다가 일이 이렇게 꼬인 건지, 원."

"결국 노예라는 건가."

"제자로 들여온 거예요."

"제자?"

내가 알고 있는 뜻과 맞나 싶어 혼란스럽다. 그녀가 말을 이어 나갔다.

"네, 제가 하고 있는 일을 도와줄 사람, 제 기술을 전수받을 사람을 찾고 있었어요. 아, 물론 본인이 거절하면 어쩔 수 없는 일이긴 한데."

그녀는 명백하게 내 눈치를 보고 있다. 노예인 내 눈치를.

차라리 명령을 했으면 쉬웠을 것을, 내 기분을 살피며 말을 고르고 있다.

"너는 나를 노예로 쓸 생각 아니었나."

"아, 아니요. 아니에요. 청안도 그렇게 들어오긴 했는데 결과적으로는 자유의 몸이고, 저도 당신을 자유의 신분으로 풀어 줄 생각이에요."

이상한 여자다.

필요 없는 노예는 되팔면 된다. 그런데 그 비싼 돈을 주고 사 와서 자유롭게 풀어 준다고? 거기다가 청안이라니, 이전에 이미 해방한 노예가 있다는 건가.

나는 몸을 일으켰다. 그녀가 나를 보더니 '못 싸워. 더는 못 싸워요.' 하고 몸을 대굴대굴 구른다. 이쪽은 혼란스러워 미칠 지경이다. 저 방만한 궁둥짝을 차 주고픈 충동이 밀려온다.

"자세히 말해라, 인간."

그녀는 눈을 대굴대굴 굴리더니 누운 상태로 말을 이었다.

"어, 그러니까……."

곧 죽어도 몸을 일으킬 힘은 없나 보다.

14.

듣고 나니 더 어이가 없었다.

그녀는 실력 좋은 대장장이로 이번에 큰 대회에서 상을 받고 유명해졌다고 한다.

일이 어마어마하게 밀려오는데 혼자 힘으로는 힘들고, 그래서 제자를 들여서 함께 공방을 운영하고 싶다고 한다.

"기술을 배우려면 그래도 10년은 저와 있어야 해요. 5년은 배우는 데 소모하고 나머지 5년은 대장간을 도와줘야 하거든요. 그 다음은 자유예요. 나가서 자기만의 대장간을 차려도 좋고요."

인어들도 비슷한 풍습이 있긴 하다. 그러나 우리는 5년을 배우면 그 두 배는 같이 있어 줘야 한다. 인간은 수명이 짧아서 그런 건가 막연히 생각했다.

"내가 거부하면 어쩔 거지? 이대로 자유롭게 풀어 달라고 하면."

"풀어 줘야죠."

"돈이 많이 들지 않았나."

그녀가 머리를 벅벅 긁었다.

"아, 그게 일이 복잡하게 꼬였어요. 원래는 당신을 사려고 한 건 아니었는데…… 아이고."

팔려 올 때 지배인에게 듣긴 했다.

2위와 3위가 어마어마한 자들이었다고, 그녀가 없었다면 왕실 실험체로 팔려 가거나 어느 미치광이 대장장이에게 고문당하거나 둘 중의 하나가 될 운명이었다고, 감시한 줄 알라며 콧대를 세웠다.

대체 본인이 낙찰한 것도 아니면서 왜 내가 그에게 감사를 표해야 하는지 알 수 없었기에 입을 다물었다. 그는 그게 못마땅한지 나를 때리려다 참았다.

나는 이미 판매된 물건이니 상처가 나면 안 된다.

그게 인간이다.

'눈앞에 있는 이 여자도 인간이지.'

그녀는 열변을 토하며 대장간 일이 얼마나 즐거운지, 칼을 만드는 게 얼마나 멋있는 일인지 열심히 말해 댔다. 거기다 내 근력과 지구력, 그리고 학습 능력을 봤을 때 이 일이 얼마나 적성인지에 대해서도 열변했다.

나는 더욱 이 여자에 대해 알고 싶어졌다.

"배우겠다."

"정말요?"

그녀는 누운 상태 그대로 '으아아! 다행이다!' 라고 소리를 지르며 바닥을 또 구른다.

다시 봐도 미친 여자다. 그러나 어쩐지 자꾸만 내 안의 버튼을 누른다. 그걸 누르는 한 그녀에게 벗어나기가 쉽지가 않다.

그래, 아무려면 어떠랴. 일 년 후든 이 년 후든 도망치고 싶을 때 도망치면 되는 일이니.

그녀가 내 두 손을 꼭 잡았다.

"우리 돈 많이 벌어요!"

우선 이 여자가 궁금하다.

Chapter 3
개미의 일격

1.

셀룬은 호기심이 많은 인어다. 언어를 배우는 속도도 남다르고 머리도 굉장히 좋다. 그 모습을 보고 있으면 얼마나 흡족한지 모른다. 이게 바로 스승의 마음인가.

나는 그의 방에 침대 대신 대형 수조를 설치해 줬다.

평소에는 인간의 모습으로 지내다가 잘 때는 본래의 모습으로 자면 된다.

"인어인데 불에 가까이 가도 돼요? 습기에 민감하다서나."

"습기가 있으면 좋다. 그러나 정령들이 보호해 주니 없어도 상관없다. 오히려 인간보다 더 열에 강하다."

말투가 딱딱한 건 나와 청안이 계속 가르쳐 주면 되고.

"우선 글을 익히죠."

"음, 배운다. 배우는 것 좋아한다."

청안이 셀룬을 삐딱하게 바라보더니 어린아이의 모습에서 어른의 모습으로 변한다. 마치 '내가 더 커!' 라며 자랑하는 것만 같다.

둘 다 사이좋게 지냈으면 좋겠지만 어려우려나.

청안이 말했다.

"아가씨, 설마 저런 인형 나부랭이에게 아가씨가 직접 글을 가르치실 건 아니죠!"

인형…이라.

생기가 돌아온 셀룬은 놀랍도록 아름다워졌다. 물빛 머리카락은 늘 촉촉한 상태로 유지되며 푸른 핏줄이 반사돼서 창백하기만 했던 피부에는 복숭앗빛 혈기가 돌아왔다. 거기다가 체향이 얼마나 좋은지 향수도 없는데 몸에서는 깊은 물 향기가 났다.

마치 바다의 아름다운 부분만 모아서 만든 것만 같았다. 거기다가 금방이라도 사라질 아침이슬 같은 분위기에 지나가는 여성들 모두 얼굴을 붉히며 한숨을 쉰다.

'저 미모가 아깝다.'

만약 우리 가게가 옷 가게나 빵 가게였다면 여자들이 줄을 지었을 거다. 그러나 우리의 주 고객은 남성, 그것도 근육질의 기사나 흉터가 몸의 절반인 용병들이다.

저런 낭창낭창한 몸을 봐야 아무런 감흥도 없다. 아, 물론 남색이 취미이신 분들이 한 번씩 손목을 붙잡으려 하기야 하겠지. 그러나 그건 매우 소수일뿐더러 매출에는 그리 도움이 되지 않을 거야.

셀룬이 말했다.

"큰 게 힘들다면 줄어들도록 하지."

그의 몸이 물의 정령으로 뒤덮인다. 육체의 시간을 되돌려 어린 소년의 모습으로 변했다.

소년이 되니 보호 본능을 자극한다. 바람이 불면 쿨럭 기침하고 사라질 것 같은 병약 미소년이 여기 있다.

청안이 똑같이 몸을 줄인다.

"아가씨! 이자의 글은 제가 가르치겠습니다! 옷도! 제가 사 올 겁니다!"

저놈 때문에 청안이 동네 시장의 아이돌 자리를 빼앗겼다.

보통 청안이 지나가면 시장 아주머니들이 일굴을 붉히고 '이거 하나 먹어보지 않으련, 널 위해 특별히 남겨 둔

갓 딴 사과란다.', '아니야, 내가 더 좋은 물건이 많이 있단다. 저 여편네보다 싸게 해 줄게.' 하며 몰려드는 통에 온갖 호객을 한 몸에 받았는데, 이제는 아주머니들이 셀룬을 향해 '어머어머, 이리 와 봐요. 순진무구한 총각. 여기 와서 속눈썹만 좀 깜빡여 봐요. 인형인 줄 알았는데 사람이었네. 아침에 갓 짜온 양젖이 있는데 여기 한잔하시구랴.', '세상에 목 넘김 좀 봐. 숨을 쉬어도 아름답네.' 하며 엄청난 찬사를 퍼붓고 있다.

아니 뭐, 상대는 바다의 보석이라 불리는 머메이드 아닌가.

미의 신의 축복을 받았다 알려진 종족으로, 지상에서는 세계구급 미인이 거기서는 미역 농사하고 돌고래 먹이 주고 산단다.

그중에서도 그렇게 드물다는 남자 인어, 그것도 (본인 말로는) 종족들 중에서도 먹어 주는 미남인데 말 다 했지.

'청안, 그래도 네가 더 세.'

마왕 쌍둥이에게 힘의 정수도 받았겠다, 지금의 청안은 누가 봐도 상급 신수다.

전쟁에라도 나가면 불길 한 방에 기병대를 날려 버리고 소드 마스터를 앞발로 후려치는 수준이라고 할 수 있겠다.

'주먹질해도 네가 이겨. 센 게 최고야. 뭘 그리 인기에까

지 신경을 쓰니.'

미묘한 경쟁 심리지만 이런 건 그냥 내버려 둬야 하나. 나는 거기까지 생각하고는 밖으로 나왔다.

이제 새로운 검을 만들 때가 되었으니 엘의 가게에 뭔가 새로운 재료가 없는지 확인하러 갈 생각이다.

2.

"실례합니다."

딸랑—

문을 열고 들어가니 소파에 대공과 엘이 차를 마시고 있었다. 두 사람 사이에 흐르는 공기가 무겁다. 나는 방긋 웃었다.

"다음에 또 올게요."

문을 닫는다. 아니, 닫으려고 했다. 대공이 엄청난 기세로 지팡이를 날려 닫히려는 문 사이에 끼워 넣는다.

"너도 와라."

윽, 왜 내가 드래곤 VS 사방신 사이에 끼어야 하냐고.

나는 엘과는 마주 보는, 아카넬의 옆자리에 앉았다. 엘은 웬일로 본인 손으로 찻잔을 꺼내서 내게 차를 따랐다.

"요즘 미남 컬렉터라고 소문났더라고요."

푸흡!

어이가 없어서 바닥을 구른다. 아카넬이 담담히 말했다.

"사교계의 떠오르는 샛별이지."

엘이 말했다.

"천년왕을 직접 배알한 데다가 며칠 머물기까지 했고, 돌아와서는 얼마 지나지 않아 초미청년 머메이드를 노예로 구입하질 않나. 왼쪽 옆구리에는 깔끔 미청년 청안을, 오른쪽 옆구리에는 처연 미청년 인어 왕자님을 끼고 산다고 하더라고요."

나는 떨리는 손으로 찻잔을 들었다.

"이야아, 말만 들으면 남자 주지육림이 따로 없네요."

"그런데 사실이잖아요?"

아니라고, 이 인간아! 그 소문의 절반은 댁이 만들어 낸 거잖아! 검만 받을 것이지 누가 사람을 성에 감금하래! 그리고 그 인어 왕자님은 내 돈으로는 꿈도 못 꿨어! 리버가 사다가 나한테 강매한 거지!

아카넬이 말했다.

"대공과의 약혼을 파혼하려고 하는 것도 더 큰 세상에 나아가 더 많은 미청년을 수집하기 위한 욕망 때문이라고 하더군."

"그래요, 카이 양. 온 세상의 미소년, 미청년, 미중년을 모두 갖는 겁니다! 남자들만 삼처, 사처 만드는 세상은 끝난 겁니다. 더 큰 세상이 다가오고 있어요!"

그만해, 미친놈아. 그 소문에 네가 기여한 지분을 보라고.

아카넬이 말했다.

"진지하게 말하는데, 이제 그만 수집할 때도 되지 않았나."

남난(男難)일세, 남난이야.

맥 할머니가 했던 그 예언대로 돌아가고 있다. 엘이 말했다.

"괜찮아요, 카이 양. 그래도 우리 불멸자들은 그 정도의 외유에는 무던하답니다. 영원을 살아가며 다양한 유희에 익숙하기 때문이죠. 저도 아카넬도 요즘 카이 양만을 생각하며 좆을 어찌나 순결하게 유지하고 있는지……."

빠악!

아카넬이 찻잔을 집어던졌다. 잘했다. 잘하셨습니다. 우와아, 이 땅에 정의를 이룩하셨어!

이 두 사람과 이딴 다과를 하고 있자니 차가 쓰다.

아카넬이 말했다.

"여기 부른 이유는 간단하다. 전에 보여 주었던 그 단검 기억하나?"

소름 끼치는 소리가 들리던 그 검을 말하는 모양이다. 나는 고개를 끄덕였다.

"네."

"그건 결국 봉인했다. 몇몇 생명체에게 실험을 해 보았는데 소유주를 미치게 하는 성질이 있더군."

그건 예상했다. 아카넬이 말을 이었다.

"문제는 그 능력이 오래된 약속을 초월한다는 게 밝혀졌다는 거다."

여기서 아카넬이 말하는 '오래된 약속'이란 마법 그 자체를 뜻한다. 신이 이 세계를 만들었을 때 언어로 만들었다고 한다. 그 언어의 조각은 아직도 약속이 되어 남아 있는데 그걸 우리가 해석, 복원하여 기적을 일으킨다. 그리고 그것을 마법이라고 부른다.

드래곤들이 사용하는 용언은 그 오래된 약속 그 자체, 가장 상위에 있는 마법이다.

"마법을 초월했다는 건가요?"

"용언으로 최상급 정신 보호 마법을 걸어도 자연스럽게 영향을 주더군."

그는 계속해서 말을 이어 나갔다.

그 결과 온화한 불꽃이라 불리던 레드 드래곤 데카드가 미쳐 죽었다는 것. 그 과정에 어떤 마력의 흔적이 없었다는 것. 인간들 중에서 가끔씩 특별한 개체가 태어나지만 이러한 방식으로 영향을 주는 개체는 존재하지 않았다는 것. 그래서 로드가 고심하고 있다는 것.

엘이 말했다.

"그냥 그레이를 죽이면 끝날 일을 왜 저렇게 배배 꼬고 있는지 모르겠단 말이죠."

"일족에는 일족의 방식이 있다. 네가 너의 방식으로 살고 있듯이 우리 역시 마찬가지. 만약 이렇게 특별한 능력을 가진 개체들을 특별하다는 이유 하나만으로 매번 솎아낸다면 세계의 균형이 깨지게 된다."

음, 그래. 나 같은 인간 종족은 몰라도 되는 높으신 분들의 이야기군.

"그래서 제안을 하나 하기로 했다. 카이 너는 이미 절반 이상이 인간을 벗어났으니까."

그, 그, 그렇군요. 나는 이제 반쯤은 인간 종족이 아니지, 참. 아카넬이 말을 이었다.

"사실 너에 대해서 어떤 종족으로 지칭해야 할지는 미지수다. 반마(半魔)이자 반정(半精)이자 반인(半人)이니까. 엘은 너를 '호모 핸섬 컬렉투스'라고 부르자고 하더군. 미청년을 수집하는 영장류라는 뜻이다."

아이고, 그러십니까. 이거 참 고마워 죽겠네.

자칭 '수집된' 남자들 그냥 다 가져가지 그러십니까. 청안만 빼고.

"아무튼 법칙에서 떨어져 나온 김에 네 능력을 직접 보고 판단하고자 하신다."

엘이 답했다.

"그러나 저희 왕국에 용족들이 모두 오시는 건 명백한 침략 행위입니다. 이미 제가 있는 땅에 와 있는 아크 리치와 드래곤 한 마리만으로도 충분히 규격 외라고요."

"그러니 나와 같이 다녀오지 않겠나."

엘이 내게 초콜릿 파이를 건넨다. 나는 파이를 씹으며 생각에 잠긴다. 안에 든 마시멜로가 무지막지하게 달다.

"어, 그러니까. 저와 당신이 영지를 벗어나서 직접 용족들 앞에서 염원이 담긴 검을 만들어 보여 주면 된다는 건가요?"

"과정을 보는 건 나와 다른 한 명뿐. 나머지는 완성 후에 모인다. 네가 모두를 만날 필요는 없다."

그건 다행이네. 나는 이마를 찌푸리고는 한참 계산에 빠졌다.

"어, 그러니까, 출장 서비스라는 거죠?"

푸핫!

엘이 뭐가 그리 웃긴지 찻물까지 뱉어내며 바닥을 구른

다. 웃느라 숨도 못 쉬고 있다.

아카넬이 답했다.

"돈은 충분히 사례하겠다."

"아, 그러면 사례는 드래곤 어금니로."

"그걸로 드래곤 슬레이어를 만들려고?"

음… 고작 출장 서비스에 받기는 좀 그런가. 역시 언젠가 드래곤을 토벌해서 얻어야…….

하지만 누가 토벌할 건데? 내가? 그런데 드래곤이 고객이 되면 어떻게 하지?

그 순간 사냥감이 아니라 하늘 같은 고객님이 되는 거잖아!

으으, 족보가 혼란스럽다.

그가 말을 이었다.

"비늘 정도라면 한번 이야기해 보지."

비, 비늘! 드래곤의 비늘! 그 귀하다는 비늘!

비늘 한 장이면 9 클래스 절대 마법도 새겨 넣을 수 있다. 물론 그러려면 9클래스 마법을 발현할 수 있는 최강의 마법사와 그걸 무기에 담을 수 있는 최강의 대장장이가 모여야 하지만 내겐 리버가 있지 않나! 최강의 대장장이는 나다! 내가 최강이다!

"하, 할게요! 진짜 비늘 주시는 거죠?"

내가 대체 무슨 표정을 지었는지는 모르겠다. 확실한 건 엘이 뭐가 그리 웃긴지 또다시 배를 붙잡고 웃어 댔다는 것.

3.

청안과 셀룬에게는 간단히 출장 다녀온다고만 이야기했다. 두 사람 모두 고개를 끄덕였다.

"둘이 잘 지낼 수 있지?"

청안이 가슴을 탕탕 쳤다.

"당연하죠. 아가씨!"

셀룬도 답했다.

"걱정하지 마라. 나는 잘 지낼 수 있다."

으음, 저렇게까지 말하니 믿어 줘야겠지. 나는 간단한 옷가지들을 챙겼다. 리버가 만들어 준 마법 가방에 집어넣으니 무게가 느껴지지 않는다.

리버 녀석, 마법사의 탑에서 아예 높은 자리를 차지하고 난 이후로는 이런저런 물건을 마구 만들어 대기 시작했다. 더 이상 어두운 곳에서 활동하지 않으니 엘이 트집 잡을 것도 없고, 오히려 요즘은 마법 발전에 이바지까지 하고 있다.

'그에게 인사를 하고 가야 하나.'

자칭 운명 공동체라고는 하지만 음, 역시 귀찮다. 청안에게 말해 두면 잘 전해 주겠지.

옷은 가벼운 여행자 복장으로 갈아입었다. 반바지에 롱부츠. 여성 엘프들이 많이 입고 다니는 의상이다. 민첩성을 최대한 살리고 옷은 옷대로 잘 돋보인다.

짐을 꾸려서 밖으로 나오니 아카넬이 마차 앞에서 기다리고 있었다.

"준비되었나."

"네. 어디로 가면 되나요?"

"남서쪽으로. 중간에 배를 타고 간다."

용이잖습니까. 안 날아가요?

4.

용의 모습으로 날아가면 될 텐데 굳이 부득불 인간의 유희를 그대로 따라가고 있다. 답답하지만 어쩔 수 없다.

배에 누워 있기를 며칠. 해적 하나 없이, 그리고 폭풍우 하나 거치지 않고 벌써 항구도시에 도착했다. 마스트 맨 꼭대기에서 내려다보이는 풍경은 무척이나 상쾌했다. 대공은 그런 나를 보고 '원숭이가 따로 없군.' 이라며 혀를 찼지만 싫은 기색은 보이지 않았다.

싫었다면 말렸을 테니까.

지평선 너머로 도시가 보였을 때 얼마나 두근거렸는지 모른다.

"여기가 사막 도시 이시타르라는 거죠?"

아카넬이 답했다.

"즐거워 보이는군."

"사막의 검은 전부터 궁금했거든요. 사막에서는 날이 휘어지고 넓적한 샴쉬르를 많이 쓰던데, 여기 대장장이들은 어떻게 일하는지 궁금해요."

"머릿속에 칼밖에 없는 건가."

"뭐 어때서요. 왜요, 불만 있어요?"

"귀여우니 됐다."

뭐? 잘못 들었나 싶어 돌아보았는데 그가 저만치 앞서 걸어갔다. 내가 뭘 잘못 들은 건가. 저 무뚝뚝한 표정을 보고 있자니 내가 잘못들은 게 맞는 거 같다.

'하긴 저 인간이 그런 이야기를 할 리가 없지. 음.'

항해 내내 그가 한 거라고는 책을 읽는다, 잔소리를 한다, 외엔 없지 않았나. 독서광 도마뱀 같으니라고.

배에서 내리니 입구에는 크고 하얀 어금니 긴 짐승이 서 있었다. 책에서 그림으로 본 적 있다. 코끼리라고 부른다.

"기다리고 있었습니다, 아카넬 대공. 왕자 저하께서 기다리고 계십니다."

으, 으응? 저하?

내가 물끄러미 아카넬을 바라보자 그가 말했다.

"골드 드래곤 가니메데다. 일국의 왕자로서 유희를 즐기고 있지."

왕도 아니고 왕자라굽쇼.

"표면적으로는 네 의뢰인으로서, 네 검에 감탄하여 특별히 왕궁에 초대한 것으로 알려져 있다."

거대 코끼리가 나를 향해 '뿌우!' 코를 치켜들었다.

"어서, 어서 타시지요."

우와, 이거 당황스럽네.

5.

카이가 떠난 지 며칠 후, 텅 빈 빈집.

청안은 오늘도 일찍 일어났다.

아직 개지 않은 새벽 푸르름을 바라보며 계란 두 개를 까서 오믈렛을 만들고, 아스파라거스와 파프리카를 볶았다.

아가씨는 후추가 많은 걸 좋아하지만 후각이 발달된 신수에게 있어 후추는 고문이다.

오늘은 아가씨가 없으니 소금만 조금 쥐어서 뿌렸다.

콧노래를 흥얼거리며 음식을 모조리 접시에 덜었다. 하는 김에 핫케이크로 산을 만들어 볼까. 층층이 부풀어 오른 핫케이크 위에 메이플 시럽이랑 녹은 버터를 얹어 먹는 거다.

'괜찮을까, 이런 호사를 부려도?'

아가씨는 느끼한 걸 싫어하셔서 부풀린 핫케이크를 그리 좋아하지 않으신다. 하지만 오늘이라면 괜찮겠지.

그때 등 뒤에서 목소리가 들렸다.

"나는 베이컨."

뒤를 돌아보니 그곳에는 밉살맞은 물고기 놈이 있었다. 청안은 미리 준비한 정어리 튀김을 탕, 소리 나도록 내려놓았다.

"내가 인어라서 물고기만 먹는 줄 아는 모양이다. 나는 소, 닭도 전부 잘 먹는다. 돼지 좋아한다."

짜증 나는 자식이다. 대체 왜 아가씨는 저놈을 주워 온 걸까.

"대충 먹고 꺼져요. 설거지는 댁이 하고요."

"나는 제자지 시종이 아니다. 너와 일이 다르다."

"사 오긴 노예로 사 왔죠."

청안의 말에 그의 이마에 힘줄이 돋아났다.

"말 다 했나?"

그래, 이 생선 대가리야.

"지난번에 아가씨 침실에 몰래 들어가려 한 거 모를 줄 압니까?"

"그녀에게는 입은 은혜가 많다. 내 나름의 답례를 하려고 했다."

"그게 뭡니까?"

놈이 아무렇지도 않게 말했다.

"밤 시중을 드는 일이다. 그녀의 나이에 매일 밤을 혼자 지새우는 건 무척이나 외로운 일일 터. 그러니 조금의 위안이라도 되고자 했다."

"댁 따위가?"

뭘 당연한 걸 묻느냐는 듯 그가 말했다.

"내 미모만으로도 성 한 채를 살 수 있다. 그것은 실제로 이루어진 일이다. 나라면 충분히 아가씨에게 성 한 채급의 즐거움을 줄 수 있다."

어딜 감히 아가씨에게 그렇고 그런 일을 하러 밤에 간단 말인가! 밤 시중이라니! 그런 노예를 들이려고 이놈을 산 것도 아니지 않은가! 그날 밤 청안이 발견하지 않았으면 큰 일 날 뻔했다.

이 자식은 그걸 무슨 서비스라도 된다는 듯 말하고 앉았다.

'생선 대가리라 그런지 말이 안 통하네.'

청안은 앞치마를 벗었다. 이참에 서로의 서열을 확실하게 정리하면 될 일 아닌가. 어차피 힘은 이쪽이 강하다. 그건 아가씨도 인정했다. 그러나 딱 하나 마음에 걸리는 게 있다. 청안, 그는 불을 다루고 저 물고기 놈은 물을 다룬다는 것.

'그러나 그렇다고 해도 저놈의 버릇을 고쳐 주지 않으면 안 돼.'

잘못했다가는 성 한 채급의 쾌감을 가르쳐 주겠다며 아가씨의 침실에서 그렇고 그런 짓을 하려 할 수 있다.

순진하고, 연약(?)하고, 그저 한 떨기 공주님 같은 우리 아가씨에게 그런 파렴치한 짓을 시도하려 하다니!

이 집의 집사로서 용납할 수 없다.

청안의 살기를 느끼고 놈도 청안을 바라본다. 어느새 얼음 창을 소환해 들고 있었다. 청안의 앞치마가 땅에 떨어진다. 그걸 신호로 둘은 동시에 덤벼들었다.

와장창!

식탁이 부서진다. 계단 난간이 날아갔다.

6.

이곳의 남자들은 모두 터번을 머리에 쓰고 있다. 여자들은 터번 대신 반투명한 천을 머리에 얹고 다녔는데 무척이나 시원하고 아름다워 보였다.

제2 왕자의 궁에 도착한 우리는 짐도 풀어 놓기 전에 제2 왕자 가니메데, 즉 골드 드래곤을 만나러 알현실로 향했다.

알현실에는 붉은 융단이 잔디처럼 넓게 깔려 있었는데, 향 냄새에 취할 것 같았다.

긴 소파에는 금발, 금안의 남자가 누워 있었다. 그 남자의 양옆에는 반쯤 발가벗은 여인들이 누워 과일을 입에 먹여 주거나 부채를 부치며 시중을 들고 있었다.

그는 이쪽을 슬쩍 쳐다보더니 몸을 일으켰다.

"오, 왔군. 아크란, 아니 아카넬인가. 너희들은 모두 물러가거라."

시녀들과 호위병까지 모두 물러난다. 그를 어떻게 대해야 할까. 인간으로서 대해야 할지 용으로서 대해야 할지 혼란스럽다.

어느 쪽이든 원래는 경의를 표해야 하는 게 옳으니 한쪽 무릎을 꿇고 예를 표했다.

"네가 그 인간 여성이구나. 소문은 많이 들었다."

그는 계단을 밟고 내려오더니 손을 뻗어 내 턱을 들었다.

"아비를 닮아 정말 예쁘군."

"저희 아버지를 아십니까?"

"응, 일전에 한 번 봤지. 인간이라고는 믿을 수 없을 정도로 엄청 강하던데 너도 그래?"

내가 말을 망설이자 그가 내 어깨에 코를 가져다 댄다.

"잠깐만, 너 왠지 기이한 향기가 나는데."

아카넬이 지팡이로 그의 머리를 딱 후려쳤다.

"아얏!"

"너는 네 역할이나 해, 가니메데. 그녀는 무기를 만들고 너는 그 과정을 지켜보면 되는 거야. 기원이 담겨 있는 무기면 되는 거고."

그러거나 말거나 그는 나를 향해 말을 이었다.

"너 내 하렘에 들어올 생각 없니? 세상의 모든 금은보화를 다 네게 줄게."

따악!

"아, 정말. 그만 때려!"

바보다. 이 용은 바보임이 틀림없다.

존귀한 자라고 불리는 아크 드래곤이라고 전부 아카넬

같지는 않은 모양이다. 나는 그에게서 조금 멀어졌다.

"죄송합니다. 저는 해야 할 일이 있거든요."

"저 녀석과 파혼한다며."

하아, 그래. 바다 건너 왕국, 어느 골드 드래곤이 내 파혼에 대해 묻고 있다.

7.

그렇게 시간이 지났다.

의뢰를 잘 완수했냐고 한다면, 결국 제대로 완수하질 못했다.

'어째서지? 왜지?'

아름다운 검, 강한 검이라면 만들 수 있었다. 그러나 기원, 즉 염원이 담긴 검은 단 하나도 만들지 못했다.

생각해 보면 검을 만드는 내내 그 사람을 생각하거나, 아니면 나 자신에 대한 절박함이 담겨 있어야 했다. 염원이란 의지다. 의지가 깃들지 않는 검에 염원이 발현될 리가 없다.

장장 이 주일 만에 나는 이 사실을 인정했고, 솔직하게 대공에게 말했다. 안 되는 건 안 된다고, 원한다면 출장비는 받지 않겠노라고.

대공은 깊이 고민하지도 않고 알았다고 했다.

"어쩔 수 없지."

"괜찮아요?"

내 말에 그가 답했다.

"안 되는 건 안 되는 거니까. 거기다가 가니메데가 이미 불렀더군. 그레이를."

"불렀다고요?"

"음. 그쪽에서는 모를 거다. 표면적으로는 너와 똑같은 해외 출장이니까. 오늘 도착한다고 하더군."

대장장이를 직접 초청하여 검을 만드는 게 드문 일은 아니다. 나는 고개를 끄덕였다. 이제 그의 일은 어찌 되든 상관없다. 나는 여기를 떠날 테니까.

"저는 언제 돌아가죠?"

"최대한 빠른 배편을 알아보도록 하지."

"그냥 좀 날아가면 안 돼요?"

내 말에 대공은 웃었다.

"뿔난 망아지가 배 여행은 싫은가 보군."

누가 뿔난 망아지라고.

"따분하니까요. 아무것도 하지 않고 평범하게 하루를 보내는 것만큼 심심한 게 어디 있겠어요."

"평범해?"

그는 턱을 괴고 흠, 생각에 잠긴다. 그러고는 말을 이었다.

"신기하군. 영원을 살았지만 수많은 하루 중에서 단 어느 것도 평범한 게 없던데."

"그래요?"

"꼭 있지 않나? 오늘은 이상하게 계란이 잘 익었다거나, 구두끈이 잘 묶이지 않는다거나, 재미있는 책이 나왔다거나, 비가 유독 많이 내렸다거나, 그렇기에 커피가 맛있어지는 날들."

이 시니컬한 남자의 입에서 나올 거라고는 생각지도 못한 말이었다.

그가 뱉는 말들은 언제나 검은색이거나 회색 빛깔이어서 빨간색이나 노란색 같은 것들은 상상도 못 할 줄 알았다. 그는 언제나 말로 사람을 때렸다.

거기다 드래곤이기까지 하니 '음하하! 멍청한 인간 놈들, 네놈들의 병신 탈춤 재미있었다!' 라고 말하고 다녀도 이상하지 않은 게 저 드래곤이다.

문득 아카넬이 입은 옷이 평소와는 다르다는 걸 깨달았다. 이곳에서 입는 얇은 천으로 된 옷이다. 터번 대신 머리에 천을 썼는데, 그것만으로도 흰 피부가 돋보인다.

검은색 천에 금색 테를 둘렀다. 소매는 넓고 품이 넉넉하다.

“작업 포기했으면 그쪽도 시원한 옷으로 갈아입고 즐기는 게 어떤가.”

맞는 말이다. 이 이상 붙잡는다고 뭔가 나올 리도 없고.

“잠시 기다려 봐요.”

나는 침실로 들어가 시종들이 권해 주는 옷을 입었다. 소매가 긴 새하얀 옷에 푸른색 터키석으로 포인트를 주었다. 긴 소매라 이게 시원할까 했는데 확실히 효과가 좋다. 땀이 식는다.

밖에 나오니 대공이 이 지역의 책을 탐닉하고 있었다.

“책 읽는 거 좋아해요?”

“음.”

그는 이미 영원에 가까운 삶을 살지 않았나. 이미 인간의 지식은 아득하게 초월했다. 그런데도 더 많은 지식을 원한다. 마치 모든 것을 삼키는 어둠 그 자체 같다.

‘소매도 긴데 지금 이거 팔괘장 쓰기 가장 좋은 의상 아닌가.’

팔괘장 자체가 소매가 길고 통이 넓은 옷에 딱 맞는다. 대공이 정원에 앉아 책을 읽는 동안 나는 한쪽 팔을 들고, 다른 한쪽 손으로 소매를 훑으며 태극을 그렸다.

'오오, 무게감이 이런 느낌이군.'

한층 더 아름다운 곡선이 만들어진다. 원을 그리고 돌며 연공을 하는 나를 향해 그가 말했다.

"보법이 빠를 필욘 없지. 그런 권법도 아니고."

"이걸 아세요?"

"음, 동대륙에 갔을 때 직접 사사받은 적이 있지."

하긴 드래곤이 동대륙, 서대륙 가려서 유희하겠나. 둘 다 다니겠지.

"할 줄 알면 한번 덤벼 볼래요?"

내 도발에 아카넬이 책을 덮었다.

그가 몸을 일으키더니 양 소매에 손을 집어넣고 걸었다. 이건 서대륙에서 본 적 없는 행동이다. 이 지역 사람들이나 동대륙 사람들이 저런 자세로 걷는 모양이다.

그는 두 손을 모아 예를 표하더니 그대로 원을 그려 초식을 취한다.

"별로 성미에 맞는 권은 아니라서 말이야."

"대공은 직선경 좋아하시잖아요. 그냥 편하게 때리고 패고 부수는 거."

"애초에 약자가 아닌데 어째서 적의 힘을 이용하는 곡선경을 익혀야 하지?"

그러시죠. 덩치도 힘도 장난 아니시니까요.

내 나이 10살 때 키가 아빠만큼 크게 해 달라고 저 하늘 별님에게 빈 적이 있긴 하다. 키 2미터, 전신 근육질에, 팔다리는 길면 길수록 좋고.

그러나 신께서는 내가 생리를 하기가 무섭게 성장판을 닫으셨더랬다.

"그러면 편한 거 쓰세요. 어차피 힘도 남아도시면서."

"음, 뭔가 잘못 알고 있군. 나는 내가권 자체가 싫다. 부드러움이 강함을 제압한다는 유권은 약자가 쓰는 거지, 나 같이 강한 사내가 쓰는 건 민폐다. 적에게도 민폐고 나한테도 민폐고 사문에게도 민폐야."

그러시구나. 민폐시구나. 하긴 힘도 나보다 센 놈이 부드러움을 내세우겠다고 내 힘을 이용해서 공격해 봐라. 그 답답함은 이루 말할 수가 없다.

그는 초식을 바꾼다. 내가 잘 모르는 초식이다. 한쪽 주먹을 앞으로 들고 다른 쪽은 손바닥을 펴서 뒤로 뺀다. 동작은 맹호와도 비슷했는데 호표권은 아니다.

대공이 말했다.

"너는 언제나 적 앞에서 긴장을 하지."

"호랑이는 토끼를 잡기 위해서도 최선을 다한다고 하잖아요."

그가 주먹을 뻗었다. 진심으로 뻗는 주먹은 아니다. 나는 그의 타점을 읽고 비스듬히 얽어 친다.

“애초에 형의권, 태극권, 팔괘장 같은 내가삼권은 느긋한 사람이 잘해. 적보다 먼저 움직이고 적이 강하면 부드럽게, 적이 오면 물러나고 물러가면 나아간다.”

그는 내 팔을 너무나도 쉽게 뿌리친다.

“적이 깊숙이 들어오는 걸 봐라. 본 다음에 움직여도 늦지 않아. 네 최대 민첩성은 이미 나를 상회한다.”

그 말에 조금 놀랐다. 그가 그런 부분을 인정하리라고는 생각하진 못했으니까. 그때 그가 내 발을 걸었다. 나는 놀란 마음에 엎어지며 그의 옷자락을 붙잡았다.

그와 내가 그대로 넘어진다. 그가 내 위에 올라탄 자세로 내려다보았다. 얼굴이 가까웠다. 이건 아무리 봐도 남녀의 농지거리 아닌가! 시, 신성한 무도에 이런 분위기가 있을 수는 없다!

그가 말했다.

“뭐, 결국은 마음의 여유지.”

그러고는 몸을 일으키려 하다가 붉어지는 내 얼굴을 바라보더니 물었다.

“뭘 생각하나, 카이 알테리온. 신성한 연무에서 대체 얼굴을 붉힐 만한 게 뭐가 있지?”

으아아아! 죽고 싶나. 이런 모습을 보이고 말다니!

"잿밥에만 관심이 잔뜩이군. 이러니 발랑 까졌다는 소리나 듣지."

차라리 내가 진짜 소문대로 알타미르의 요부였으면 좋겠다. 알타미르의 암표범이었으면 좋겠어! 그러면 적어도 남자의 농담 몇 마디에 죽고 싶다는 생각은 안 들 거 아니야.

쪽.

이마에 무언가 따뜻하고 촉촉한 게 스쳐 지나갔다.

뭔가 싶어 보니 남자가 저만치 멀리 성큼성큼 멀어진다.

'이, 이번엔 착각이 아니었어!'

확실하다. 이번에는 착각이 아니다. 그가 내 이마에 뽀뽀를 했다. 대체 왜?! 어째서? 나는 그에 대한 마음을 진즉에 접었는데 어째서, 왜?

'역시 장난감인 거겠지?'

이것 가지고 동요하기에는 내가 들은 정보들이 너무 많다.

가니메데만 해도 애첩을 양옆에 끼고 다니면서도 나보고 하렘에 들어오라고 하지 않았나?

우리가 일반적으로 생각하는 사랑이나 결혼에 대한 관념이 너무나도 다르다.

'침착하자. 침착.'

오해하면 안 된다. 그래서는 곤란하다. 그는 내 이마에 키스를 했지만 그건 그저 가벼운 마음이어서일 수도 있다. 나 전에도 그는 계속 인간 여성과 결혼을 하고 자손을 보았을 테니, 성행위뿐만 아니라 당연히 뽀, 뽀, 뽀뽀도 했을 거다!

'무슨 숫처녀도 아니고 이걸로 긴장하는 거야!'

으아악! 나 숫처녀 맞지!

대체 이 상황에 대해 뭐라고 해야 한단 말인가. 무슨 생각으로 했는지 멱살이라도 잡고 싶다.

'나는 이미…….'

리버에게 약속까지 했는데, 그를 좋아하지 않기로.

그런 일 따위 오지 않기로.

나는 이마를 손등으로 닦았다.

그의 감촉이 남지 않을 때까지 계속해서 닦았다. 정신을 차려보니 이마가 빨개져서 껍질까지 벗겨져 있었다. 그런데도 잊히지 않았다.

8.

배가 잡히지 않는다. 인근 해역에 거대 해적단이 다시 날뛰기 시작했기 때문이란다. 곤란하다, 곤란해. 한숨만 나오는 상황이다.

게다가 더 곤란한 게 있다.

'그레이.'

그 양반이 제2 왕자 궁에 들어왔다. 멀리서 보고 꽁지가 빠져라 도망쳤다. 저 인간은 꺼림칙하다. 거기다가 내가 염원을 불어넣지 못했기에 그가 대신 왔다는 게 자존심도 상했고.

'절실하게 바라는 게 없으면 칼에 염원이 깃들지 않아.'

그렇다면 저 장님 코스프레 사내는 대체 무엇을 원하는 걸까. 언제나 염원을 꺼낼 수 있는 걸까. 아니면 나와는 다른 방식으로 제작하는 걸까.

'…….'

순수하게 장인으로서의 호기심이 밀려온다. 그러나 그렇다고 그에게 가서 알려 달라고 말할 수는 없다. 그와 내가 가는 길은 너무나도 다르고, 이런 일로 그에게 빚을 지고 싶지는 않았으니까.

"오늘도 뭔가 쓸데없는 일로 한숨을 쉬고 있군, 미스 알테리온. 댁 한숨으로 진짜로 땅이 꺼질 수 있었다면 세상은 진즉에 멸망했겠지. 땅 한 점도 안 남기고 다 꺼질 테니까."

"그것 참 다행이네요, 아르노크 대공."

대공은 남서부 오아시스에서만 재배된다는 골든 티를 만끽하며 오늘도 독서 중이시다. 그야말로 지식 수집가, 아니 지식 흡입기라고 해도 과언이 아니다.

"그건 무슨 책인가요?"

"이 지역의 광산 역사가 담긴 책이지. 옛날부터 이 지역은 철보다는 보석이 많이 산출되었는데, 특히나 마력을 저장하는 종류의 보석이 많이 나왔지. 흑요석과 자수정, 그리고 오팔이 인기라더군."

"그렇군요."

"장미수정도 산출되고 있고, 이 아래쪽에는 세계 최대의 금시장이 열린다고 하더군. 금은 한 돈도 나오지 않는 땅에서 금시장이 열린다는 건 대단한 일이야. 그만큼 중계무역이 번창했다는 거니까."

나는 쿠션을 끌어안고 바닥을 굴렀다.

"대공은 그런 거 신경 쓸 필요 없지 않아요? 하늘을 향해서 불 한 번 뿜고, '금 내놔라, 인간!' 하고 소리 지르면 산처럼 금이 쌓일 텐데요."

"그랬다가는 네 아버지 같은 자가 와서 목숨 걸고 싸우려고 할 테지."

흐음, 그렇다고 해도 눈앞에 있는 이 늙은 어둠이 질 거라고는 생각하지 않는다.

아버지가 강하다고는 해도 들고 있는 검이 한계가 명확하다.

아무리 사자라도 발톱이 부실해서야 제 능력을 발휘할 수 없는 법. 그러니 필요한 거다. 인간의 몸으로도 자신의 상위 존재를 죽일 수 있는 그런 무기가.

성공한다면 개미의 저항이자 개미 반란이 되겠지.

"시장 다녀와도 될까요?"

"같이 갈까."

"아, 아뇨아뇨. 괜찮아요. 어차피 여럿이서 가서 좋을 것도 없는 일이라."

대공의 미간이 살짝 구겨진다. 그가 고민에 빠질 때면 이런 표정을 짓는다. 하지만 이래서는 곤란하다. 내 이마는 여전히 까져 있고, 그의 입술 감촉도 여전히 달라붙어 있으니까. 그러니 우리는 멀어지는 게 좋다.

대공이 입을 열었다.

"넌……."

그때 시종이 달려왔다.

"아카넬 대공, 가니메데 님께서 긴히 할 말이 있다 하십니다."

그 틈에 나는 멀찌감치 물러난다.

"아, 바쁘신 거 같은데 볼일 보세요. 저는 갑니다!"

도망쳤다. 비겁하다는 것은 알고 있었다. 그러나 그의 곁에 있을 자신이 없었다. 그에게 동요되는 내가 싫었다. 감촉을 지우려다 껍질까지 벗겨져 버린 내 이마가 싫었다.

고작 뽀뽀 한 번에 이마에서 피가 났다면 그 이상 다가온다면 뭘 도려내야 지워질까.

지워지긴 하는 걸까.

이대로 모래가 되었으면 좋겠다. 숨결 한 번에 모든 게 다 흩어져 버리면 좋을 텐데.

9.

성문 앞에서야 깨달았다. 시종 하나 데리고 나오지 않았다는 걸. 그리고 나는 지도도 없고 이 나라 말도 모른다는 걸.

내게 붙여 놓은 시녀들이야 공용어를 읽고 쓰고 말하는 게 다 되는 초엘리트라고는 하지만, 여기 평민까지 공용어를 알고 있을 거 같진 않다.

'으, 돌아가야 하나. 짧은 단어 정도는 말할 줄 아니까 그걸 믿어 봐야 하나.'

어디, 밥, 회장실, 지도, 얼마, 돈.

이 정도는 말할 줄 안다.

'그래도 이것만 믿고 가는 건 역시 힘들겠지. 역시 돌아가야…….'

그때 먼 곳, 홀 저 끝에서 대공이 가니메데와 걸어 나오는 게 보였다. 그냥 그것뿐인데도 가슴이 무너질 것 같았다.

'직진. 직진.'

왜일까. 그걸 보니 성으로 돌아갈 수가 없었다. 정신을 차려 보니 뒤를 돌아도 그가 보이지 않는 거리까지 무작정 걷고 있었다.

'바보다.'

나는 정말 바보다.

마음도 못 잡고, 검도 못 만드는 바보.

무엇 하나 똑 부러지게 하는 법이 없다. 차라리 정말로 소문대로 내가 남자를 홀리는 사악한 마녀나 요부였으면 좋겠다.

그랬다면 좀 더 마음이 단단했겠지. 상처 입지도 않을 거고. 남자 따위 전부 발끝으로 막 부려먹을 거다.

그 이후에는 정처 없이 발 닿는 대로 걸었다. 기왕 금시장이란 곳을 찾아 나왔으니 사람이 많아 보이는 곳으로 계속 걷고 또 걸었다. 도저히 못 찾겠으면 손짓과 발짓을 섞어 가며 짧은 단어들로 이야기를 했다.

신기하게도 먹힌다.

역시 몸으로 하는 대화가 최고다. 그렇게 도착하니 금시장…이 아닌 정반대편에 있다는 원석시장에 도착했다!

'와아, 신난다…….'

망했다. 대각선 끝에서 끝 아닌가. 말 타고 달려가도 해지기 전에 돌아가는 건 무리야.

이래서 보디랭귀지는 함부로 믿어서는 안 돼. 으아아악!

그렇게 머리를 쥐어뜯는데 웬 남자가 내 손목을 붙잡고는 자신의 가판대로 끌고 왔다. 뭔가 말하는 폼이 자신의 물건을 사라는 말 같았다.

"아뇨, 아뇨. 사러 온 거 아니에요."

나는 손을 저어서 구매 의사가 없다는 것을 알렸다. 그때 허리춤이 허전해졌다. 반사적으로 다리를 뻗어 킥을 날렸다.

빠악!

어린아이다. 놈은 훔치려던 내 지갑을 떨어뜨리고는 그대로 줄행랑을 쳤다.

'아이고야. 눈 뜨고 코 베일 뻔했네.'

뒤를 돌아보니 행상인이 휘파람을 불며 딴청을 부리는 게 아닌가.

'짰구나!'

사람이 물건을 고르는 사이에 상인이 신호를 보내면 꼬마아이가 와서 소매치기를 하는 모양이다. 내가 평범한 여행객이었다면 난리 날 뻔했다.

꼬마야, 운이 나쁘구나.

상대가 어린아이이면 쫓아가서 억지로 경비대에 넘기기도 찝찝하다. 이런 뒷골목 아이들이 어떻게 살아가는지, 그리고 경비대에 끌려간 이후에는 어떻게 되는지 익히 알기 때문이다. 그래서 그냥 이 정도에서 끝내려고 했다.

"끼아아아악!"

비명 소리가 울린다. 진득한 혈향에 가 보니 그곳에는 그 소년이 쓰러져 있었다. 그레이가 한 손에는 단검을, 다른 한 손에는 그 소년의 팔을 잡고 소년을 일으켰다. 소년의 동료로 보이는 어른은 입에서 내장 조각을 토하고 있었다.

"어, 알테리온 양이군."

"뭐하고 계시는 거예요?"

"뭐하긴. 이 나라 법대로 하고 있지."

"법이요?"

"도둑질에는 손목을 자르는 게 법이지."

아, 그래서 저 물통까지 소년을 데려가고 있구나. 물통에 대고 팔을 자르려고. 그레이의 칼이라면 어린아이 손목 정도는 케이크마냥 가볍게 잘라낼 수 있겠지. 어린애가 울음을 터뜨리며 비명을 지른다.

이곳 말이 서툰 나도 알고 있는 말이었다.

도와주세요. 제발 도와주세요. 잘못했어요!

급한 마음에 그의 어깨를 붙잡았다.

"그러지 마요. 차라리 경비대에 넘겨서 충분히 죗값을 치르게 해요. 그러면 되잖아요."

"흐음, 이 나라는 즉결 처분도 가능하다만?"

소년은 나와 그가 대화하는 낌새가 보이자 혁대를 풀어 숨겨진 돈주머니들을 와르르 쏟았다.

'와, 이거 거하게 해치웠구먼.'

손목 날아가도 할 말 없게 해치우긴 했다.

소년은 땅바닥에 쿵쿵 머리를 찧으며 사죄했다. 그레이가 말했다.

"뭐, 나한테서 훔쳐간 돈을 돌려준다면야 봐줄 용의는 있다만."

"경비대에 넘겨요."

그렇지 않아도 소란을 듣고 경비대가 말을 끌고 왔다.

그는 어깨를 으쓱하더니 마지못해 소년과 그의 동료들을 넘긴다. 나는 소년이 훔쳐간 돈들을 주섬주섬 모아 경비대에게 선넸다. 그레이가 경비대에게 이곳 언어로 유창하게 말했다. 경비대는 나와 그를 돌아보더니 끄덕였다.

"뭐라고 한 거예요?"

"내 물건을 훔치려 했으나 저 아가씨의 자비로 손목을 자르는 건 봐주었다고, 대신 엄벌에 처하라고 했지."

경비대가 멀어진다. 나는 안도의 한숨을 내쉬었다.

"너는 너무 물러. 피를 보는 게 두렵나, 레이디 알테리온."

나는 솔직하게 답했다.

"두려워요."

"여자는 매달 피를 보지 않나. 그럼에도 두려울 수 있나."

"피는 고통을 상징하죠. 네, 저는 제가 누군가에게 다치는 것도, 제가 누군가를 다치게 하는 것도, 심지어 매달 차오르는 생리도 두렵네요."

"솔직하군. 그러면서 왜 검을 만들지? 그건 피를 만드는 도구지 않나."

멋대로 나도 모르게 입이 움직였다.

단 한 번도 밖으로 끄집어 낸 적 없는 내 안의 깊은 곳 그 자체가 이렇게 답했다.

"그걸 만드는 동안은 무섭지 않으니까요."

광기를 담아.

답하고 나서도 조금 놀랐다. 그레이와 대화를 하면 나도 모르게 내 안의 어두운 부분을 쑤시게 된다. 그건 이 남자의 특성이리라.

타인의 어두운 곳을 만지고 드러내는 게 이 남자의 특기니까. 이 남자의 검이 하는 일이니까.

"나는 역시 네가 내 아이를 낳아 줬으면 좋겠어."

한 대 때릴까.

"결혼이 싫다면 그냥 출산은 어떤가? 아이를 낳으면 내가 키우도록 하지. 물론 임신하는 동안 생길 손해는 충분히 금전으로 보상하겠네."

저 인간은 사랑이라는 단어를 알고 있긴 할까? 모성이라는 단어는.

저놈 어머니는 저놈 낳고도 치킨 수프를 드셨을까.

"대답할 가치도 없네요. 경고하건데 한 번만 더 그딴 소리 하면 결투 신호로 알겠습니다."

'너 죽고 나 죽자, 개새끼야.'란 말을 내가 할 수 있는 한 아주 우아하게 표현했다.

물론 이 경고를 허투루 봤다면 내 경고만큼이나 우아하게 관절을 뽑아줄 생각이다.

"말랑하기만 한 줄 알았더니 그런 건 까다롭군. 안타까워. 역시 사랑이라든가 연애라든가 그런 번거로운 절차가 필요한 건가."

음, 당신이 사이코패스라는 건 알겠다.

그가 되물었다.

"그러면 묻지. 사랑은 어떻게 시작하는 거지? 장미를 주면 되나?"

"그걸 왜 저한테 묻는 겁니까."

"나보다는 잘 아는 것 같아서, 미스 카사노바."

그래. 알고 있구나, 그 소문……. 그래, 모를 리 없겠지. 눈물이 앞을 가린다.

"설마 그걸 그대로 믿는 건……."

"…당연히 아니지. 농담 한번 해 봤네. 하지만 진심이야. 사랑이란 게 과연 어떤 감정인지. 그게 가능하다면 널 임신시킬 수 있을 테니까."

나는 놈의 명치를 후려쳤다.

빠악!

놈이 컥 소리를 내며 허리를 굽힌다.

"다시 말해 봐요. 뭐라고요?"

"…내 단어 선정이 반사회적이었던 건 인정하겠어."

집어 던지고 싶다. 진짜로.

그가 그대로 뭔가 고민하더니 입을 열었다.

"여기는 왜 온 거지?"

"오려고 온 건 아닙니다. 원래는 세계 최대 금시장이라는 걸 보러 왔거든요."

"대각선 반대편일 텐데."

"네, 그게… 문제죠."

눈물이 나는구나. 그가 말했다.

"그렇다면 이왕 온 김에 함께 원석을 구경하는 건 어떤가. 여기 물건들 중에는 시중에 나오지 않는 것들도 많으니 좋은 경험이 될 텐데."

나는 고개를 저었다.

"거절하겠습니다."

"빈손으로 가는군. 아쉽네. 오늘이 일 년에 한 번 출하한다는 황금 장미수정이 나오는 마지막 경매일인데."

황금 장미수정? 이야기는 들어봤다.

수정 안에 황금 장미가 피어 있는 보석이다. 진짜 장미는 아니고 보석 안에 들어 있는 특수한 기포가 장미처럼 피어 있는 건데 깨지기도 쉽고 색이 변질되기도 쉬워서 빠르게 가공하지 않으면 보석이 상한다.

거기다가 염분에도 약해 바닷물에는 취약이라 알타미르에는 수입되지 않는다.

이런 개복치 같은 보석이지만 한번 가공하면 경도가 다이아몬드 이상이다. 강도 역시 엄청나게 강해지는데 마력 축적량도 많고 보석 안에 마법을 새기기도 좋아서 무척이나 진귀하고 비싼 상품으로 변모한다.

'윽, 치사하게.'

그가 능글맞게 웃었다.

"정말 포기할 건가? 이번에는 역대급 거대한 수정이 나온다던데."

아, 신이시여. 왜 나를 시험에 들게 하는 거죠. 그가 사과를 문 뱀처럼 내게 감겨들었다.

"금시장이 아닌 원석시장으로 온 건 오히려 행운이 아닌가 싶군. 오늘을 놓쳤으면 두고두고 후회했을 거 아닌가."

귀를 막고 싶다. 저 남자의 허스키 보이스가 들리지 않도록.

"그래 뭐, 나와의 약간의 불화 때문에 모든 기회를 포기하다니. 실망이군. 그렇게 프로 의식이 없는 장인이었던가."

"가죠."

"음?"

"그래요, 가요! 가는데 저랑 하나만 약속해요. 제 앞에서 그… 임… 아무튼 이상한 소리 하지 않기로."

그가 담담히 말했다.

"그런 말을 한다면 내 손가락 한 마디를 자르도록 하지."

이거 참 구체적인 맹세군. 댁 손가락 갖다가 뭐에 쓸지는 모르겠지만…… 그래, 자르지, 뭐. 잘라서 목에 걸고 다니지, 뭐. 댁 손가락 들고 매일 아침마다 인사해 줄게.

"그래요. 합시다."

"좋아."

다시 말하지만 정말로 자를 거다. 내가 어린아이와 여자, 노인에게는 마음에 약해지지만 눈앞에 있는 저 사이코패스는 이 셋 중에 어디에도 속하지 않으니까.

10.

손가락 한 마디를 걸고 나니 그는 썩 좋은 안내인이 되었다.

내가 잘 모르는 원석에 대한 정보나 시세 같은 것도 정확하게 짚어냈고, 때로는 본인 공방에서 쓸 물건들을 대량으로 주문하기도 했는데 주판을 굴리는 실력도 정확했다.

'아무리 봐도 장님으로는 보이지 않는단 말이야.'

볼수록 신기하다.

눈을 가리고 있는 붕대가 아니었으면 의식조차 못할 뻔했다. 그도 그럴 게 그 꼬마 소매치기까지 잡지 않았니.

심지어 계약서까지도 손끝으로 훑어서 펜이 종이를 누른

자국만으로 글을 읽어 낸다. 계약 몇 개를 그 자리에서 성사시키고는 유유히 빠져나온다.

그는 먼 곳에 있는 냉차 가게를 정확하게 찾아내더니 설탕을 한 스푼 넣은 냉차를 주문해 내게 건넸다. 오아시스에서 나온 물로 만든 냉차다. 입 안에서 달콤함이 퍼졌다.

"언제부터 눈을 가리고 다닌 겁니까?"

"진짜 장님인지는 안 물어보나?"

"그건 아닌 거 같아서요."

"왜지?"

"그냥, 느낌으로."

내 말에 그가 웃었다. 비웃는 건가 싶었지만 그것 외에는 달리 설명할 길이 없었다.

"아예 사물을 모르고 접근한다기보다는 이미 알고 있는 사물을 보이지 않는 상태에서 움직이는 느낌이었어요."

그는 손가락으로 관자놀이를 쓸었다. 덜 깎은 까칠한 턱수염이 불쾌한 소리를 냈다.

"어릴 적에 용광로를 너무 오래 본 적이 있었지. 대장장이였던 아버지가 눕혀 놓고 때리더군. 그런데도 이튿날에도, 그 이튿날에도 계속 보았고, 아버지는 계속 때렸지. 나는 그 당시에도 고집이 셌고, 아버지는 더 셌지."

신기했다. 그의 과거에 대해서는 알려진 게 거의 없었다.

그의 이름이 진짜 이름인지, 신분에 거짓이 없는지 확신하는 이는 어디에도 없었다. 무엇보다 그가 자신의 과거에 대해 말한 적이 없었다.

그의 아비가 대장장이라는 간단한 것조차도 아마 내가 처음으로 듣는 것이리라. 그에 대한 정보는 정보 길드에서 꽤나 비싸게 팔리니까. 그럼에도 아직까지 어떤 정보도 풀리지 않았다고 아리네스가 스쳐 지나가듯 말한 적이 있었다.

"그래서요?"

"그러다가 때릴 사람이 훅 죽었어. 사람 참 허망하게 가버리더군. 옆 영지의 병사들이 밀려오는데 집에 숨을 곳이라곤 없어서 어머니가 나를 용광로 아래 아궁이 속에 숨겼어. 너도 알다시피 대장간의 아궁이는 원래 늘 뜨거워. 불이 꺼진 지 일주일이 지나도 열기가 남아 있지."

"보통은 농민들은 안 건드리지 않나요?"

"그래, 보통은. 기사와 징집된 사람들끼리만 전쟁을 하고 그 외의 평민들은 어디 산 위에서 구경하면서 샌드위치나 까먹고 있지. 우리까지 죽이면 세금 걷을 곳이 어디에 있겠나. 하지만 증오란 놈은 그리 논리적인 생물이 아니야."

냉소를 짓던 그의 입가가 굳는다. 그의 감정 사이에 비치는 작은 균열을 나는 볼 수 있었다.

그가 왜 내게 이런 말을 하는지 모르겠다. 내게 마음을 연 걸까? 그의 유일한 경쟁자이자 대적자인 나에게? 이유는 알 수 없었지만 지금 그가 보여 준 균열은 다른 누구도 볼 수 없었던 그런 모습이었다.

그는 계속 말을 이어갔다.

"증오란 그런 거다. 점령한 땅의 세금을 받겠다는 합리적인 선택보다는 모든 손해를 떠안더라도 다 불태우고 즐기겠다는 선택지를 고르는 놈도 많지. 너는 전쟁을 몰라, 카이 알테리온."

담배를 쥐고 있는 손등에는 화상 자국이 남아 있었다. 그때의 상흔이었을까? 아니면 순수하게 작업하다가 다친 걸까.

"어머니는 아버지처럼 편히 가진 않았어. 어머니에게 여러 가지 볼일을 봤거든. 전쟁 후에는 늘 강간이 따라오지. 평민은 건드리지 않는다는 기사님들도, 강간은 해. 그리고 강간한 여자를 죽여."

그는 담배를 입에 물었다. 연기가 하품처럼 올라간다.

"자궁을 꺼내기도 하고 젖가슴을 도려내기도 하고…… 이래놓고 기사들은 좋은 집에 가서 좋은 옷 입고 문명인인 척하지. 아내보고 겸손해라, 조신해라, 딴 남자랑 바람나지 마라, 정조대까지 채워 놓고 전쟁 나가면 그 짓을 또 하는 거고."

참, 재미있어. 인간이란. 사내새끼들이란.

남자는 정말로 즐거워 죽겠다는 듯 웃었다.

"너는 어떻지? 날 때부터 그 소리가 들렸나?"

고개를 끄덕이자 그가 '역시 그렇군.' 하며 납득한다.

"나는 어머니 자궁 도려낼 때 들었던 칼 소리가 최초였다. 예전에도 비슷한 소리를 들어 보긴 했어. 하지만 '능력'이라고 표현할 만큼 명확하게 들린 건 그게 처음이었다. 부럽군. 날 때부터 철의 소리를 들으려면 어떤 축복을 받아야 하지?"

축복일까. 나는 단 한 번도 이게 축복이라는 생각이 들은 적 없었다. 오히려 이 소리를 듣지 않았다면 철과 멀어졌을 텐데, 다른 이들과 똑같이 살아가며 남편이 밭을 갈면 씨를 뿌리는 삶을 살아갈 수 있을 텐데.

자연에 순응하고 신에게 순응하며 대지처럼, 강처럼 그리 살아갈 수 있을 텐데 원망한 적은 많았다. 그러나 눈앞의 남자는 축복이라고 말했다. 그리고 나는 남자의 말을 부정할 어떠한 단어도 찾지 못했다.

그 아궁이 속 소년이 축복이라 말한다면 그랬다. 축복이 맞다.

"그 이후에 눈이 많이 나빠졌다. 그때는 마력을 익히기도 전이니 눈을 보호할 방법도 없었고, 달려와 나를 때리는 아버지도 없었으니까. 그래도 장님은 아니야. 사물 구분은 가. 두꺼운 안경을 쓴다면 가능하지. 그러나 그럴 바에는 차라리 감고 사는 게 편하겠다 싶더군."

그는 세상에 눈을 감았다. 삶에서도 눈을 감았고, 자신의 인간성에도 눈을 감았다.

"인간을 증오하나요?"

내 질문에 그가 담배를 입술에서 뗀다.

"왠지 내가 만든 검을 보고 그렇게 생각하는 사람들이 많더군. 정반대야. 나는 인간을 애정해. 아마 네가 생각하는 방식은 아니겠지만. 왜 그거 있잖나. 작은 동물 귀엽다고 괴롭히다가 죽여 버리는 타입."

그래. 산 사람의 배에 불타는 쇠기둥을 찔러 내장의 온도로 식혀 내거나, 칼 때문에 미쳐서 전쟁을 일으키고 전장에서 사망을 하게 한다든가 하는 타입 말이군.

"나는 내가 사랑하는 것들은 끊임없이 연구하고 관찰하지. 인간의 소리를 듣고 싶어서 혈관 단위로, 근육 단위로 찢어서 관찰하기도 하고. 그런 거야. 사랑은 하지만 소중하게 대하는 법은 몰라. 나는 그렇게 생겨먹은 쓰레기니까."

담배를 쥔 손이 멈춘다. 그가 나를 향해 고개를 돌렸다.

"흥미롭네. 너는 당황하면 그런 식으로 숨을 쉬는군."

왜일까. 남자의 목소리가 내 뒷목을 타고 소름이 되어 맺혔다.

내 본능이 도망치라고 나를 힘껏 붙잡아 당기고 있다.

도망치라고, 저 인간은 위험하다고. 아니, 인간이기 때문에 더 위험하다고.

"나와 함께 시합해 보는 건 어떤가."

"네?"

"시녀 말로는 검이 만들어지지 않아 초조해하고 있다고 하더군. 당연하지. 너 같은 타입은 강한 동기가 없으면 움직이지 않으니까. 동기를 만들어 주지. 그렇지 않아도 지난번 예장검 콘테스트의 설욕도 갚을 겸 나와 한번 겨뤄 보지 않겠나."

그 말에 사고가 멈춘다. 그가 답했다.

"생각에 빠지면 어금니를 악무는군. 소리가 재미있어. 치열을 조금 비틀어 무는 건가."

도망치려면 지금.

본능이 속삭였다. 그가 말을 이었다.

"아, 여기서 도망친다면 동네방네 소문 정도는 내 주겠네. 정식 시합에서 겁을 먹고 도망쳤다고. 너는 여자이고 아직도 네 실력에 대해 의문인 놈들도 많아. 심지어 천년왕에게 베개 영업을 했다는 사람도 나오고 있고."

여기서 도망친다면 그 헛소문에 불을 지핀 격이다.

그가 나를 떠밀었다.

"아니면 두려운 건가. 지게 될까 봐."

11.

아카넬은 천천히 지식을 탐독해 나갔다. 이 젊은 드래곤에게 있어서 인생은 아직 꽤나 괜찮은 색깔이었다. 영원에 가까운 삶을 유지하려면 언제나 규칙적인 삶을 살아야 했다. 또한 건강한 정신과 건강한 목표가 필요하다.

"따분하지도 않아? 또 책이네, 책이야."

골드 드래곤 가니메데는 그런 남자를 보고 혀를 찼다. 그 또래 젊은 드래곤의 표본 같은 그는 아카넬을 이해할 수가 없었다. 시간은 영원한데 왜 저리 열심히 사는지, 어째서 스스로 만든 법칙에 스스로를 가두는 건지.

아카넬은 책에서 시선을 떼지 않고 말을 계속 이어 나갔다.

"인간의 좋은 점은 책을 많이 만든다는 것에 있지. 이렇게 오래 살았는데도 인간이 쓴 책을 전부 읽어 보질 못했어."

"100년만 더 지나면 다 읽을 거야. 너도 지겨워져서 베개나 차고 있을 거라고."

"100년 후에는 100년 동안의 새로운 책이 나오겠지."

가니메데는 짜증이 났다. 아크란은 젊은 용들 중에서도 가장 유별난 녀석이다. 자신들 나이 또래의 드래곤들은 이 세상의 모든 쾌감과 모험을 즐기려고 안달 나 있다.

왕이 되기도 하고, 용병이 되기도 하고, 왕자가 되어 여색에 푹 취해 살아가기도 한다.

특히나 이번에 그들이 못 돌아가고 있는 이유인 해적왕 녀석의 정체는 유희 나온 블루 드래곤이다. 그놈은 왕도 용병도 기사도 모두 질려서 이번에는 해적으로 나섰다.

산적이나 해적으로 유희를 선택한다는 건 사실상 모든 즐거움을 다 즐기고 마지막으로 고르는 선택지다. 살인, 약탈, 방화, 강간, 그 모든 것을 빠르게 느낄 수 있다.

아무리 폭군이라고 해도 '여봐라. 저 마을을 불태워라.'라고 명령하면 그게 대신에게서 장군으로, 기사로 명령이 하달되는 시간이 있다. 직접 불을 지르지도 못한다. 그냥 남이 지르는 걸 구경하는 거다.

그러나 해적, 산적은 다르다. 그냥 가서 불 질러 버리면 된다.

그 과정에 어떤 책임도 없다. 그냥 즐기면 된다.

"독서는 늙은 용들이나 하는 취미 아닌가."

"우리는 똑똑하지만 지혜롭지는 않아. 지혜는 나이가 들어서야 가능한 일이야. 어째서 늙은 용들이 독서를 선택하는지 알고 있나?"

그가 반문한다.

"저런 낡아빠진 책이 옳다는 거야? 인간은 우리 장난감이고 장난감을 가지고 노는 게 훨씬 즐겁지 않아?"

아카넬이 답했다.

"책보다는 오래 가지고 놀 수야 있겠지."

"그러니 점잔은 척 좀 하지 마, 블랙 드래곤 아크란. 높은 어둠이자 깊은 어둠이자, 로드께 가장 총애를 받는 드래곤 씨. 너도 똑같아. 그 잘나 빠진 무뚝뚝한 얼굴로 정혼자란 계집도 실컷 가지고 놀 생각이잖아. 카이라고 하던가?"

그 말에 아카넬은 책을 덮었다. 대답 없이 가니메데를 바라본다. 어째 분위기가 냉랭하다. 가니메데가 웃었다.

"그 녀석 정도는 늙어도 얼굴은 반반할 테니 임종까지는 지켜 줄 수 있겠네. 아니면 적당히 늙었을 때 죽이고 새 장난감으로 갈아타거나."

"닥쳐 봐. 지껄이는 소리 때문에 책을 읽을 수 없잖나."

"뭐?"

그 순간, 아카넬을 타고 어둠이 밀려왔다. 천장의 그림자를 타고, 바닥의 그늘을 타고, 책장 사이에 숨어 있던 어둠 하나하나가 아카넬의 손끝에 맺힌다.

시공간을 삼키는 어둠이 형체가 되어 그의 앞에 나타난다.

"뇌가 비니 입에서도 빈 소리가 나는군그래."

명백한 축객령이다.

"대체 왜 화를 내는 거야. 설마 진짜 그 계집 때문인 거야?"

"그게 그렇게 궁금하나? 네 목숨보다도?"

수십 개의 어둠이 떠오른다. 살기가 방을 가득 채운다. 이 도시 하나쯤은 뭉개 버릴 수 있는 마력이 그의 손끝에 뭉친다.

장난이 아니란 걸 깨달은 가니메데는 생각한다.

'싸울까.'

아크란은 오만하지만 화를 잘 내는 성격은 아니다. 긴 세월 동안 이 자식이 이렇게까지 불쾌함을 표출한 적이 없었다. 가니메데는 생각한다. 여기서 아카넬에게 싸움을 건다면 어떻게 될까, 하고. 그 역시 젊고 혈기왕성한 드래곤이다. 넘치는 힘을 배출할 수 있으면 아무래도 상관없다. 까짓것 왕국 하나 날리면 어떤가. 개미 같은 인간이 또다시 지을 텐데.

레어에서 한숨 자고 나면 언제 그랬냐는 듯 이 자리에 또 다시 도시가 생길 거다.

'아니야. 그보다 더 재미있는 일이 생각났어.'

놈에게 기가 막힌 복수를 할 수 있는 방법이.

가니메데는 밖으로 나갔다. 그가 방 밖으로 나가자 아크란은 염동력으로 문을 쾅 닫는다. 다시는 들어오지 말라는 명백한 경고.

가니메데는 복도를 걸었다. 관찰 마법을 걸어서 이 성 안에 있는 모든 사람들을 탐색한다. 그리고 찾아낸다. 막 돌아온 한 여성을.

그는 모퉁이에서 기다리다가 그녀가 올 즈음 우연을 가장해 지나간다. 그러고는 어깨를 부딪쳤다.

"앗, 죄송합니다."

분명 잘못한 건 이쪽이지만 카이는 정중히 먼저 사과한다.

'장난감 계집.'

가니메데의 눈치를 살피며 눈동자만 대굴대굴 굴린다. 그의 눈치를 보는 건 당연하다. 기껏 비싼 돈을 들여 초대했건만 이년은 칼 하나 못 뱉어 냈다.

'벌'을 줄 이유는 충분하지 않나.

"괜찮아. 그쪽이야말로 어딜 가는 거야?"

"아카넬 대공을 만나러 가요."

"아, 그 녀석 말이군. 나도 마침 가는 중인데 따라오겠어?"

그녀는 생각에 잠기다가 고개를 저었다.

"괜찮습니다. 저 때문에 공연히 행선지를 바꾸실 필요는 없는걸요."

"왜 그렇게 생각하지?"

"여긴 아카넬 대공이 있는 방의 반대 방향이고 전하께서는 모퉁이에서 나오고 계셨으니까요. 그를 만나러 가는 게 아니라 만나고 나왔다는 것 정도는 추측할 수 있죠."

아, 머리 좋은 계집들은 이게 문제다. 그녀가 예를 갖추어 그의 답을 기다린다.

"아카넬은 방에 없어."

"네? 책을 읽고 있는 게 아니라요?"

그 독서광이 책을 버리고 자리를 옮긴단 말인가? 그 책을 다 읽으려면 일주일도 모자라다.

평소와는 다른 행적에 의문을 가졌지만 카이는 이내 납득했다. 그는 드래곤이고 자신이 아는 것보다 모르는 부분이 더 많으리라. 뭔가 이유가 있겠지.

"일겠습니다. 그래도 애써 고생하실 필요는 없으니 위치만 알려주시면……."

그의 목소리가 날카로워진다.

"아하하, 내가 직접 안내한다니까."

어쩐지 화가 난 것 같다. 카이는 작게 숨을 토했다.

12.

가니메데는 슬슬 짜증이 났다. 보통 계집이라면 그가 데려다준다는 데에 감복하여 엎드릴 텐데 그녀는 오히려 예의나 차리며 그의 친절을 거절했다. 신선한 면은 있지만 그뿐이다. 처음부터 이 계집은 마음에 들지 않았다.

'아크란은 이런 계집이 취미인 건가.'

하긴 젊은 일족들 중에도 유순한 계집보다는 이렇게 튕기는 계집이 더 함락시키는 재미가 있다고 여기는 놈들이 꽤 있다.

그래서 더 궁금하다. 아크란이 마음에 두고 있다면 조금은 가지고 놀아도 되지 않을까. 물론 아크란의 기세에 잠시나마 눌렸던 게 수치스럽고 화가 나기도 했다. 그러니 그걸 저 계집에게 풀 생각이다.

그는 그의 침소에 도착했다. 마력 차단 마법에 방음 마법, 차원 절단 마법이라는 꽤나 상위급 마법으로 돌돌 감아 놓은 요새다. 이 안에서는 순간 이동을 비롯한 어떤 침입 마법도 불가능하다.

계집을 품는 중에는 방해받고 싶지 않아 설치했다. 여기라면 어떤 일이 일어나도 아크란은 알지 못한다. 마력이 차단되는 곳이니까.

침실에 들어서자마자 그녀의 눈동자가 움직였다.

"죄송합니다. 갑자기 몸이 아파서……."

그녀는 빠르게 문지방을 벗어나려고 한다. 예의상의 문제는 아크란 옆에서 해결을 보려는 모양이다.

'눈치 빠른 계집.'

그가 신호를 하자 시종이 밖에서 문을 잠가 퇴로를 차단했다. 그녀가 문고리를 돌리더니 문을 몇 번 두드려 본다. 그러고는 마침내 깨닫는다. 마법으로 강화된 문은 그녀가 온 힘을 다해도 절대 부서지지 않는다. 창문도 마찬가지다. 이제 도움을 요청하는 건 불가능.

이 방 자체가 하나의 요새니까.

그녀는 약간 긴장했는지 주먹을 쥐었다 편다.

'열어 주십시오.', '꺄악, 저는 그런 여자가 아닙니다.' 같은 골빈 소리를 하지 않아서 좋다고 가니메데는 생각한다. 대신 그녀는 이렇게 말했다.

"무슨 용건이신지 알고 싶습니다."

계산이 빠른 데에 비해 기교는 없다. 직구로 찔러들어 온다.

"내 애첩이 되어 달라는 이야기 기억하나? 여전히 같은 마음인지 궁금해서 말이야."

"죄송합니다. 전하의 뜻은 감사합니다만 저는 그에 걸맞은 여인이 아닙니다."

그는 그녀에게 한 걸음 걸어갔다.

"어째서지?"

"하고 싶은 일이 있습니다. 전하의 애첩이나 되는 여인이 사내들과 섞여서 천한 대장간 일을 하는 건 상상하기 싫으시겠죠."

"그대는 어차피 검을 못 만들지 않았나. 그 실력 뻔할 뻔자지."

그의 코웃음에 그녀가 분노를 억누른다. 그러고는 최대한 차분한 목소리로 답했다.

"그렇지 않아도 대공께 귀환 일정을 연기해 달라 하려던 참이었습니다. 다시 시도해 보고자 합니다."

그 순간, 가니메데의 손이 그녀의 앞섶을 거칠게 뜯었다.

"계집은 계집답게 사내의 아래에 깔리는 게 행복 아니겠나. 이제 순순히 본색을 드러내지그래. 그 가벼운 엉덩이로 아카넬을 얼마나 즐겁게 해 줬을지 궁금하군. 아니, 인간인 아카넬도 드래곤인 아크란도 모두 만족시켜 줬나.”

“……”

옷이 뜯겼으나 그녀는 소리를 지르지도 당황하지도 않았다. 그저 작게 한숨을 내쉴 뿐이었다.

상대는 드래곤 가니메데, 인간의 힘으로는 저항할 수 없다. 그가 취하고자 하면 취한다. 그게 이 세계의 법칙이다.

“장난감은 그저 장난감답게 굴라고. 예뻐해 줄 때 순순히 다리를 벌리는 게 어때.”

“아카넬이 그리 말하셨습니까. 저를 장난감이라고.”

진실을 말할 수도 있었다. 하지만 이왕 장난으로 시작한 일 아닌가. 그녀를 좀 더 망가뜨리고 싶었다.

“그렇게 말하더군. 인간만큼 재미있는 장난감은 없다고. 어차피 100년도 살지 못해 파괴될 인형, 조금 가지고 논다고 누가 뭐라고 하겠냐더군.”

“거짓말.”

“왜 부정하지? 모든 드래곤들이 인간을 어찌 생각하는지는 너도 알지 않나. 설마하니 인간이 개미를 진심으로 사랑할 수 있다고 믿는 건 아니겠지?”

그녀는 눈꺼풀을 내리깔았다. 숨을 삼킨다. 부서진 입가에 침묵이 고인다. 작은 몸이 녹아내릴 듯 외롭게 흔들렸다.

"이미 알고 있는 사실, 구태여 확인시켜 줄 필요는 없습니다. 존귀한 분께서 저 같은 필멸자를 신경 써 주시니 몸 둘 바를 모르겠네요."

드디어 분수를 깨달은 건가. 가니메데는 그녀의 허리를 붙잡는다. 아니, 붙잡으려 했다.

그녀가 그의 손을 쳐 내고는 가볍게 땅에 쓰러뜨렸다.

쾅!

가니메데는 잠시 자신이 무엇을 당했는지 깨닫지 못한다. 왜 그녀는 서 있고 자신은 바닥에 누워 있단 말인가. 몇 번 눈을 깜빡이고 나서야 깨닫게 되었다. 그녀가 술수를 부린 거다. 고작 손장난 몇 번으로 자신을 바닥에 쓰러뜨려 버린 거다.

"뭐하는 거지?"

"신경 써 주시는 게 감사하다 했지 침소에 들겠다는 소리는 하지 않았습니다. 장난감이라고 하셨죠?"

그녀는 긴 소매를 쓸며 초식을 준비한다.

"지루하지 않게 끝까지 놀아 드리죠."

녹아내리던 몸이 의지를 갖고 일어난다. 그녀의 손끝에서, 눈동자 깊은 곳에서 푸른 열화가 피어오른다. 승산이 없는 싸움에 몸을 던진다.

"칼 한 자루도 없이 덤비겠다고?"

"……."

"내 용언 한 마디면 어떻게 되는 줄 아나?"

그녀가 한다는 말이 가관이었다.

"설마 위대하신 분께서 용의 힘을 빌리지 않고서는 연약한 아녀자 하나 제압을 못 하신다는 겁니까?"

명백한 도발이다. 그녀는 두려워하고 있었다. 그 증거로 작고 하얀 목 뒤로 잔털이 돋아 있다. 그러나 그녀는 떨지 않았다. 마치 당연한 것을 하는 양 고개를 쳐든다.

'그 아비에 그 딸이로군.'

알테리온가의 아이들은 늘 그랬다. 이놈들은 죄다 오늘만 산다. 대체 이름 없는 신은 뭘 보고 이런 멍청한 종자들과 오래된 계약을 맺은 걸까.

가니메데가 덤벼들었다. 카이는 소매를 부드럽게 흔들어 그를 쓰러뜨렸다. 팔괘장의 구결은 그녀의 동작 하나하나를 아름답게 만들어 주었다. 그가 몇 번을 덤벼도 그녀는 같은 기술로 그를 끊임없이 쓰러뜨렸다. 가니메데의 인내심이 슬슬 바닥을 드러낸다. 벽에 걸린 칼을 뽑아 그녀를 겨눈다.

그녀는 그걸 보며 비웃었다.

"위대하신 드래곤께서 맨손으로는 제압을 못 해 검을 들이미시는군요."

저 년을 범하고 갈기갈기 찢어 버리리라. 온 동네의 병사들이 다 저년 맛을 보게 하리라. 마지막에는 동네 개까지 돌아가며 저년을 쑤시게 하고는 온몸의 힘줄을 끊어 개미에게 산 채로 조각조각 뜯어 먹히게 하리라.

기나긴 삶을 살아오며 가니메데가 이처럼 분노한 일은 없었다.

물론 그가 드래곤임을 알고도 이렇게까지 도발한 인간 역시 없었다.

그러니 벌을 줄 거다.

죽여 달라 빌 정도로 아주 끔찍한 벌을.

13.

증오는 장미의 가시와 같다. 붉고 예쁘게 피어 놓고서는 사람을 찌른다.

그 공기가 어찌나 달콤한지 삼킬 때마다 폐를 찢어 버릴 것처럼 따갑다.

'아아, 그래. 많이 화났구나.'

산다는 건 거대한 바다 위를 조그마한 나무토막 하나 붙잡고 표류하는 것과 비슷하다. 상상도 못 하는 어딘가에서 파도가 밀려와 사람을 삼키고 지나간다.

막을 방법? 없다.

예상? 할 수 있을 거 같은가.

아크 드래곤 앞에서 나는 개미다. 앞턱을 치켜든 개미. 아무리 개미산으로 위협을 해 봐야 피부만 조금 벗겨지고 말 뿐이다.

만약 밀려오는 파도에 모든 것을 맡겼다면 좀 달랐을 거다. 이깟 몸쯤 마음대로 유린하라고 내버려 두었다면 질릴 때까지 희롱하다 가 버렸으리라. 바람이 불면 바람 방향을 따라 드러누우면 된다. 우리 같은 인간 종족은 더더욱 그렇다.

하지만 나는 결국 파도를 참지 못하고 정면으로 맞섰다.

어째서일까.

저항을 하지 않는다면 충분히 원만하게 끝났을 것을 알면서도 그를 쳐 냈다. 이제 돌이킬 수 없다. 그걸 알면서도. 그 대가가 얼마나 무서운 것이 될지 알면서도.

어릴 때 봤던 동화책에 오만한 인간이 드래곤을 놀리다가 벌을 받는 이야기가 있었다. 인간은 오만의 벌로 죽을 때까지 바위를 굴리며 올라가야 했다. 꼭대기에 도착하면 바위는 도로 땅으로 굴러 내려간다. 그리고 그 인간은 다시 한낮에 땡볕 아래에서 바위를 산꼭대기까지 굴려 올린다.

그 인간은 말로 농간을 조금 부리다가 그렇게 되었으니 아마 나는 그것보다는 좀 더할 거다.

'이깟 몸뚱이가 뭐라고.'

그 무엇도 목숨보다 소중한 것은 없는데.

타앙!

손등으로 칼날을 후려친다. 이자는 아카넬보다 약하다. 무(武)의 묘리는커녕 자신의 몸이 어떤 구조로 이루어져 있고 어떻게 움직여야 하는지조차 모르고 있다.

아카넬이 지나가듯 한 말이 있었다.

드래곤은 지식은 뛰어나되 지혜는 인간 노인보다도 떨어진다고.

지식은 공부하면 된다. 그러나 지혜는 역경을 겪어야만 가능하다. 날 때부터 신적인 존재인 드래곤들은 역경을 겪을 일이 거의 없다.

'그러니 강해짐에 대한 절박함도 차원이 다르지.'

나는 장타를 날려 그의 명치를 격타한다. 충격을 안으로 밀어 넣는다.

콰아앙!

놈이 울컥 내장 조각을 뱉는다. 아무리 위대하신 몸이라고 해도 지금은 인간의 몸. 인간의 모습인 이상 인간의 급소에 당할 수밖에.

"이년이!"

공기가 더욱 따가워진다. 드래곤의 살기를 정면으로 견디는 건 어렵다. 나는 마력을 회전시킨다. 다행히 이자는 엘보다 마법의 경지도 낮다. 엘이 만든 결계는 나를 완전히 평범한 여인의 몸으로 봉인시켰다. 그러나 이곳의 결계는 고작해야 외부의 마력을 끌어오는 게 힘들 뿐이지 이미 내 안, 내 단전 안에 축적된 힘은 막을 수 없다.

"검을 써도 이길 수 없는 건가요?"

나는 그를 향해 내가 할 수 있는 가장 예쁜 웃음을 지어 주었다.

"빌어먹을, 빌어먹을!"

제대로 화가 났는지 그가 마구잡이로 칼질을 한다. 처음에는 죽일 생각은 없었던 모양인지 적당히 봐줬다면, 이번에는 급소만 골라 제대로 공격하고 있다.

힘? 강하다. 속도? 아무리 마력을 보탠들 인간이 음속으로 쉼 없이 움직인다는 게 말이 되나. 그러나 아둔하다. 읽기 쉬운 뻔한 검로에 코웃음이 나올 지경이다.

나는 소매에 마력을 보낸다. 그러고는 검로를 예측해 어깨에 힘을 준다.

카아앙!

검기가 실린 칼날이 일격에 유리처럼 부서진다.

아무리 강해 보이는 강철이라도 그 안에 결이 있다. 타점만 잘만 맞춘다면 아무리 강한 검도 사기그릇처럼 깨 버릴 수 있다. 이 남자는 내 반격을 예상하지 못했는지 눈을 홉뜬다.

아둔하고 아둔한 도마뱀.

나는 다리에 모든 마력을 더한다. 내가 할 수 있는 최대의 힘으로, 그리고 최대의 기교로 바닥을 친다.

콰아아아앙!

역시나 바닥이 무너지는 일은 없다. 이대로 도망칠 수 있으면 좋으련만 불가능한 모양이다. 그러나 표정을 잃지 않는다. 저 자식에게 나의 두려움을 보여 줄 수는 없었기에 나는 힘껏 그를 비웃는다.

"당신의 천 년이 제 십 년만도 못한 모양이군요."

봐라, 나는 개미다. 너의 천 년보다 밝은 십 년을 살아온 개미다.

그가 웃는다. 그가 검을 버리며 광소를 터뜨린다.

"그래, 그렇군. 나는 네년을 이길 수 없어. 네년의 십 년을 이길 수 없어. 이제 나는 너를 인간 취급 안 해 줄 거다. 그게 무슨 뜻인 줄 아나?"

그가 말을 내뱉는다.

"रोवडि (멈춰라)!"

처음 듣는 단어다. 용언. 마력이 나를 휘감았다. 내 몸이 움직이지 않는다. 아무리 힘을 줘도 벗어날 수 없었다. 보이지 않는 사슬이 내 몸을 휘감는 것만 같았다.

그가 웃었다.

"어떻게 죽여 줄까, 응? 어떻게 죽었으면 좋겠나."

그가 남은 옷까지 찢었다. 그의 손톱이 스치자 살갗 위로 피가 흐른다.

"원래는 좀 더 느긋하게 괴롭히면서 고통을 줄 생각이었어. 하지만 마음이 변했다."

그가 부서진 칼날 조각을 들었다. 그러고는 내 어깨를 후빈다.

"크, 크아아아아악!"

"좀 더 여자처럼 비명을 지르라고. 애첩들이 내는 그 자지러지는 소리 말이야."

그가 나를 때린다. 배를 치고 두개골을 후려치고, 온몸을 난타한다. 늑골이 부러졌다. 팔이 부러진다. 수수깡처럼 온몸이 부서지고 으깨진다.

고통이 뇌를 쑤신다. 생각하는 것도 어렵다. 죽여, 차라리 죽여 줘. 모든 신경 다발이 비명을 지른다.

그가 손을 뻗자 내가 부순 칼날의 검편들이 솟아오른다.

"걱정하지 마. 도중에 기절하진 못할 거야. 위대하신 분의 말에 세계는 화답하거든. 어디가 좋을까. 그래, 그 눈부터 하자. 감히 위대하신 분을 향해 부릅뜨는 그 눈부터……."

콰아아아아앙!

방이 폭발했다. 뒤를 돌아보고 싶었지만 몸을 움직일 수 없다. 그의 용언이 나를 붙잡고 있었다. 등 뒤에서 책장 덮는 소리가 들렸다. 그 소리가 새의 날갯짓 같다고 생각했다.

"음, 그래. 내가 책에 집중하는 동안은 주변을 잘 못 살피긴 하지."

아아, 그의 목소리다. 그러나 평소와는 조금 다르다. 감정이라곤 전혀 담겨 있지 않은 건조한 목소리가 쓸고 지나갔다. 가니메데가 소리 지른다.

"아, 아크란!"

"용언을 쓰고 있었군. 하지만 방법이 꽤나 조악해서 말이야. 너는 단어밖에 연성하지 못하지 않나. 하긴, 젊은 용들은 다 그렇지. 머리가 비었으니 문장을 구사하질 못해."

"화났어?"

이상했다. 그의 목소리에서는 고조가 전혀 느껴지지 않았다. 그의 기분을 읽을 수가 없었다. 그는 목소리로 돌을 뱉어냈다.

"아니, 내 장난감을 가지고 놀았다는데 뭐라고 하겠나. 그저 용언의 올바른 사용법을 가르쳐 주고 싶었던 거야. बायातर्फखुट्टाकँ (왼쪽 다리, 터져라)."

그의 다리가 폭발한다. 흡사 그 안에 폭약이라도 장착된 것처럼 화려하게 폭발한다.

"크아아아악!"

"흠, 이럴 땐 재깍재깍 재생 마법을 걸어야 하지 않나. 아, 집중력이 부족한 모양이군. 용언으로 남을 부순 적은 있어도 본인이 부서진 적은 없을 테니."

그의 도발에 가니메데가 소리 질렀다.

"मररिहेका (죽어)!"

"तपाईंभन्नु (너는 말하지 못한다)."

용언은 아카넬의 말에 화답한다. 그는 목을 끌어안고 벙어리처럼 웅크린다.

"단어보다 문장이 더 강하다는 거, 방금 말해 줬는데도 그러는군. 자, 그러면 본체로 돌아가는 것도 힘들겠군. 흠, 이번엔 어디가 좋겠나, 친구. 왼쪽 다리가 날아갔으니 다음에는 오른쪽 팔이 좋겠지. दायहाताहुनँ (오른팔은 으깨져라)."

그 순간 그의 오른쪽 팔이 마치 거대한 엄지손가락에 짓눌리듯 으깨진다. 그 산혹함에 나도 모르게 시선을 돌린다.

"크아아악! 으아악! 끄아아아악!"

아카넬은 그를 비웃지도, 화를 내지도, 소리 지르지도 않는다. 그저 평소보다 조금 더 느리고 낮은 목소리로 속삭였다.

"대칭의 의미가 잘 살지 않았나? 그래도 왼팔이랑 오른 다리는 살아 있으니 그걸로 꿈틀거려 보는 건 어떤가. 아, 참. 용언만 못 쓰게 막았을 뿐이지, 그냥 목소리는 놔뒀다네. 하고 싶은 말이 있으면 해 보게나."

가니메데가 소리 지른다.

"그깟 계집 때문에 동족을 공격하는 건가. 규칙 위반이다. 로드께서 가만히 있지 않을 거야!"

"무슨 소리 하는지 모르겠군. 가니메데, 그 텅텅 빈 뇌로 어떻게든 좀 들어 보게. 자네가 용언 연습을 하고 있기에 도와주는 거야. 이렇게 친절하게 묘리를 가르쳐 주고 있지 않나."

아카넬은 그렇게 차분히 그의 왼쪽 팔을 산 채로 태우고, 오른쪽 다리를 썩게 만들었다.

그는 눈 한 번 떼지 않고 가니메데가 발광하는 것을 지켜본다. 그가 충분히 고통을 느낄 수 있도록 면밀하게 시간을 계산했다.

팔다리가 잘려 벌레처럼 꿈틀거리며 기어가는 그를 아카

넬은 계속해서 바라본다. 속을 알 수 없는 새까만 눈동자로.

"사, 살려줘. 살려줘! 아크란! 우리 우정이 있지 않나! 제발, 제발 살려줘!"

"왜 이렇게 절박한지 모르겠군, 친구. 이제 좀 용언의 사용법에 대해 익혔나? 걱정이군."

아카넬은 마침내 나를 붙잡아 내린다. 용언도 없이 마법을 풀어냈다. 그러고는 웃옷을 벗어 내 몸을 가렸다. 괜찮냐는 말도 없이 그는 나를, 내 상처를 한참이나 바라보았다.

"……."

그가 손을 뻗는다. 회복 마법이다. 이제 겨우 긴장이 풀린다. 살았다는 생각이 들기가 무섭게 의식을 유지하기가 어렵다. 그가 속삭였다.

"쉬어라. 피를 너무 많이 흘렸어."

그 말을 끝으로 나는 눈을 감는다. 간신히 지켜 왔던 신경 줄이 끊어져 나갔다.

14.

카이가 쓰러진다. 아카넬은 다른 손으로 마력을 밀어 올렸다. 이 감정에 대해 뭐라고 표현해야 할지 본인도 알 수 없어 혼란스러웠다. 만약 그때 카이가 힘껏 땅을 구르지 않았다면 어떻게 되었을까.

그가 청혼을 갔을 때와 똑같은 그 필사의 발 구름을 눈치채지 못했다면.

무슨 일이 있는지 파악하기도 전에 그는 방을 터뜨렸다. 그러고는 마치 개미의 다리를 하나씩 뜯어내듯이 제 친구의 팔다리를 침착하게 뜯어내고 있었다.

이제 정말 다 뜯어냈다. 이다음은 어떻게 해야 할까. 로드께 변명을 한다 해도 이게 얼마나 통할지는 알 수 없다.

아니, 답은 알고 있다. 죽은 놈은 말이 없으니까.

아카넬의 손끝에서 새카만 염화가 돋아났다. 광룡이 된 데카드를 장사 지낼 때 피웠던 불꽃이었다. 뼈 하나, 비늘 하나, 드래곤 하트까지 삼키면 되겠지. 불꽃은 좋다. 죽는 그 순간까지 고통을 느낄 수 있으니까.

"힉, 히익…… 힉!"

가니메데는 아카넬이 하려는 게 무엇인지 깨닫는다.

압도적인 힘의 차이 앞에 가니메데는 몸을 떨었다. 대체 무슨 차이가 있었던 걸까, 저놈과 자신은. 같은 나이에 같은 아크 드래곤으로 태어났다. 그와 아카넬은 뭐가 다른가.

"아, 아크란… 주… 죽일 거냐?"

"음."

가니메데는 떠올렸다. 어린아이가 개미 다리를 붙잡고 팔다리를 뜯은 후, 마지막으로 불에 지져 태워 버리는 장면을.

그 장면과 지금의 모습은 차이가 없었다. 다른 점이라고는 그는 개미가 아니라 고귀한 드래곤이라는 것과 그를 태우는 존재는 매우 분노했다는 것, 그 정도이리라.

그 순간 공간이 찢어졌다.

"그만둬, 아크란."

이서릴이다. 남성체의 모습으로 등장했다. 여차할 때 전투를 하기 위해 몸을 바꾼 모양이다. 이서릴은 아크란의 새카만 동공을 들여다본다.

'와, 저렇게 화난 건 처음 보네.'

표정에 기복이 없어 다른 이는 눈치채기 힘들겠지만, 이서릴은 아크란이 알에서 깨어날 때부터 봐 왔기에 알 수 있었다.

"정당한 결투 없이 동족을 살해하는 건 큰 죄야."

"교육 중에 사망하는 건 죄가 아니야, 누이. 피치 못할 사고지."

정말 죽일 셈이구나. 이서릴의 등에 소름이 기어올랐다.

"이 녀석은 해츨링이 아니야. 성룡이 성룡을 가르친다고? 너희 둘은 나이도 같아. 원숭이를 속여도 이것보다는 잘 속이겠다."

"반박할 증거가 없으면 되는 거 아닌가."

그가 화염을 다시 모은다. 가니메데는 '힉, 히이익!' 소리를 지르며 벌레처럼 꿈틀거려 이서릴의 뒤에 숨는다.

"누이인 나까지 죽일 셈이야?"

"끼어들 건가?"

공허한 살기에 본능이 위험을 알린다. 그러나 여기에서 도망칠 수는 없었다. 도망쳤다가는 가니메데의 목숨은 그걸로 끝이니까.

"응, 끼어들 거야. 네 누이로서. 일족의 수호자로서. 지금이면 말릴 수 있어. 로드께도 잘 말해 둘게. 이 자식은……."

가니메데를 보고 있자니 한숨만 나온다. 일족의 규칙 어디에도 가니메데를 제재할 수 있는 항목은 없다. 규칙만 보자면 먼저 공격한 아크란의 잘못이 크다. 그 과정에 있는 인간을 괴롭혔다거나 하는 건 애초에 금지 사항도 아니었으니까.

"…이 자식은 내가 단단히 주의 줄게."

틀렸다. 이 정도의 말로 아크란이 화를 멈출 리가 없었다. 이서릴은 카이를 내려다본다.

아크란은 인정하고 싶어 하지 않지만, 이렇게 보고 있는 이서릴 본인도 인정하기 싫지만, 분노한 아크란을 다룰 수 있는 건 카이 그녀밖에 없다.

"저 여자애 돌봐야 하지 않아? 네 살기 때문에 오히려 몸이 상했을 텐데."

"……."

"이, 이렇게 보여도 방이 터졌을 때부터 지켜봐 왔다고. 너, 바로 치료하진 않았더라. 이 녀석 벌주는 동안 저 여자는 피를 너무 많이 흘렸어. 잊고 있는지 모르겠지만 인간의 몸은 우리보다 훨씬……."

아크란이 말을 뺐었다.

"……약하지. 알고 있다."

움직였다. 바위 같았던 남자가 드디어. 이서릴은 씁쓸하게 웃었다. 역시 정답은 그녀였다.

"내 레어에서 치료하는 건 어때. 아, 규칙이 신경 쓰이려나. 그러면 내가 지내는 인간 저택은 어때? 적당히 외진 곳이고 좋은 약초도 많으니 치료하기도 좋아."

그때였다. 천운인지 카이의 입가에서 고통에 찬 신음이 새어 나왔다. 그녀의 신음에 아크란의 눈썹이 흔들리는 것을 이서릴은 놓치지 않았다.

"거봐, 위험한 거 같은데? 오늘 사고에 대한 뒤처리는 내가 할 테니 그리로 가. 좌표는 알려 줄게."

카이가 무의식중에 어깨를 붙잡는다. 지혈 마법을 걸어 줬는데도 피가 배어 나왔다. 아마 그녀를 괴롭히면서 가니 메데가 뭔가 수작을 부렸을 확률이 크다.

"어서."

이서릴이 그를 재촉한다.

'좋아, 좋아. 목줄 잘 붙잡고 있어, 카이 아가씨.'

졸지에 용에서 미친개가 된 아카넬은 카이의 신음 소리가 들릴 때마다 눈에 띄게 당황하고 있었다.

Chapter 4
좋은 거래, 좋은 계략

1.

꿈을 꾸었다. 용암에 팔을 담그는 꿈이었다. 너무 아파서 울었다. 그러나 움직일 수가 없었다. 차라리 팔이 녹아 버렸으면 좋았으련만, 어쩐지 고통은 계속되었다.

아파, 너무 아파. 엄마.

사람은 왜 아프면 엄마를 부르는 걸까. 나는 계속해서 엄마를 부르고 또 불렀다. 고통이 밀려온다. 죽을 것만 같았다.

이렇게 아플 거면, 이렇게 괴로울 거면 왜 태어난 걸까,

나는.

엄마를 찾다가도 엄마가 원망스러워졌다. 그러다가 너무 아파서 다시 엄마를 찾았다. 나는 병신이다. 다른 이들을 써는 칼을 만드는 주제에 손톱 밑에 들어오는 바늘도 견디지 못해.

아파, 아파, 너무 아파요.

엄마가 보고 싶었다. 늘 싸우는 엄마지만 보면 또 싸우겠지만 그래도 엄마가 보고 싶었다.

눈을 뜨니 낯선 천장이 보였다.

나무로 된 천장이다. 신기하게도 못질을 한 흔적이라곤 보이지 않았다. 마치 나무 하나가 통째로 집이 되기 위해 자란 것만 같았다.

책장 넘기는 소리가 들렸다. 옆을 돌아보니 남자가 앉아 있었다. 나를 장난감으로 여기는 존귀하신 분이.

한쪽 손으로만 책을 읽고 있기에 이상하다는 생각이 들었는데 내 손과 그의 손이 연결되어 있었다. 아니, 정확하게 말하면 그가 내 손을 잡아주고 있었다.

"일어났나?"

"네."

"몸은?"

평소와 같이 감정이라고는 느껴지지 않는 목소리. 하지만 아파서 그런 걸까. 어쩐지 이번만큼은 온기가 느껴졌다.

"못 움직일 거 같아요."

"가니메데가 저주를 걸었더군."

"저주요? 용언이랑 같은 건가요?"

내 말에 아카넬의 표정이 살짝 멈춘다. 아아, 이 표정 알고 있다. 그가 가니메데의 팔다리를 하나씩 뜯고 태우고, 썩게 만들 때 지었던 그 표정이다.

"조금 달라. 우리 같은 존재는 말뿐만 아니라 그저 의지만으로도 좋거나 나쁜 현상을 만들어 낼 수 있지. 보통의 성룡이라면 그 정도는 컨트롤할 수 있어. 본인에게도 결코 좋은 건 아니니까. 쓴다면 이 정도겠지."

그가 책을 허공에 띄웠다. 염동력이다. 그가 단둘이 있을 때 가끔씩 쓰는 걸 본 적이 있다.

"이런 식으로 의지가 현실에 작용하기도 해. 그래서 우리는 반신(半神)이라고 불린다. 의지만으로도 세계에 간섭할 수 있으니까."

"그래서 '독이라도 걸려라.' 라고 바라며 제 전신을 구타한 덕에 진짜로 독이라도 걸린 건가요?"

"비슷하다. 이 경우 독이라기보다는 순수한 저주, 증오 같은 마이너스적인 에너지니까. 녀석이 네게 준 상처가 낫지 않고 있어. 치료 마법은 물론이거니와 네 회복력도 듣지 않고 있지."

와, 싫어하는 감정만으로도 사람을 이렇게 계속 걸레짝으로 만들 수 있구나.

하하하, 진짜 신이네. 나는 정말 개미였어.

웃음과 함께 눈물이 났다. 약자가 강자를 이기기 위해 만들어진 게 진정한 무(武)? 그게 뭐가 어떻다는 건지.

개미가 아무리 무술의 대가가 된다 하더라도 인간을 이기지 못해. 엄지로 으깨 버리면 끝나는 게 개미 목숨.

무력감이 밀려온다. 그는 나를 내려다본다.

몸이 아프다. 나는 강간을 당할 뻔했다. 고문당할 뻔했다. 죽을 뻔했다. 그 과정이 너무나도 심플했다. 내 의지와 내 저항은 그 어디에도 반영된 곳이 없었다. 그렇기에 그가 두렵다. 그와 같은 존재들이 두려웠다.

바다의 깊이를 알게 된 나비는 두 번 다시 그 위를 날 수 없었다.

"혼자…… 있고 싶네요."

눈물이 멈추지 않았다. 한번 꺾여 버린 마음은 두 번 다시 돌아오질 않는다.

아카넬은 날 바라본다. 엄지손가락으로 내 눈물을 닦아 주었다. 그 안에 어떤 표정도 담겨 있지 않았다. 그는 그렇게 밖으로 나갔다.

텅 빈 방 안에서 나는 계속해서 울었다. 눈물이 나오지 않을 때까지.

2.

얼마나 울었을까. 방문이 열리며 누군가가 걸어 들어왔다. 하프엘프인 남성이다. 한눈에 봐도 발랄한 인상으로, 날렵한 이목구비와 남성인데도 굴곡이 있는 몸이 매력적이었다. 인간의 장점과 엘프의 장점이 잘 섞인 미모였다.

"일어났어? 인간."

그의 말에 나는 그제야 그가 보통의 하프엘프가 아님을 깨달았다.

"당신도 아카넬과 같은 종족인가요?"

내 질문에 그가 웃었다.

"하하하, 바늘 세우지 마, 고슴도치 아가씨. 리버란 녀석 알아? 찾아왔더라고. 잘 설득해서 돌려보내긴 했지만 아, 진짜 힘들었어. 내가 인망이 있는 드래곤이길 망정이지."

아아, 리버. 역시 왔던 모양이다.

그는 컵에 차를 따랐다. 찻물에서는 약초 향이 났다.

"마셔. 가니메데가 남긴 상처를 낫게 하려면 계속 마셔야 해."

그러나 양팔을 움직일 수가 없다. 그가 머쓱하게 웃었다.

"아, 사지가 다 부러졌지."

그가 찻잔을 내 입에 가져다 댔다. 딱 체온보다 조금 높은 온도이기에 쉽게 마실 수 있었다. 그는 작게 한숨을 쉬었다.

"대체 뭐가 어떻게 흘러가는 건지."

"몸은 언제쯤 나을 수 있나요?"

"이래 보여도 정령목을 통째로 써서 만든 집이야. 저주를 정화하고 회복력을 극대화시켜 주지. 2주만 누워 있어."

나는 기승전부상이다. 절대 남자복이 아니다. 남난(男難)이다. 이런 일을 한 번 치르고 나면 어딘가 부러지거나 상하거나 잘려 나간다.

그야말로 신수들 싸움에 내 등이 터진다. 다음은 뭐가 기다리고 있을까. 겁이 난다. 두려워진다.

나는 아무것도 아니었다. 그들이 죽으라고 용언으로 말하기만 해도 나는 박살 난다.

그걸 생각하니 숨을 쉬기가 어려웠다. 갑자기 폐가 아파 온다.

스트레스성 과호흡.

기침을 꺽꺽 내뱉으며 나는 소리 없는 비명을 지른다.

"아, 이런."

이서릴은 봉투 같은 걸 찾다가 안 되겠는지 내 입술에 자신의 입술을 겹친다. 그가 내쉬는 숨이 내 안으로 빨려 들어온다. 내가 뱉는 숨이 그의 안에서 한 번 휘돈 후에 내게 돌아온다.

그렇게 한참이 지나서야 숨이 진정된다. 그가 그제야 입술을 뗐다.

"음, 돌아왔다."

으, 으어어억!

내 얼굴이 시뻘게지자 그가 말했다.

"뭐 그리 부끄러워해, 괜찮아. 언니라고 생각해, 언니."

어, 언니? 그런 얼굴을 하고 언니라고?

그가 말했다.

"아, 지금은 남성체이니 적응하기 힘들겠구나. 어쩔 수 없다. 아크란, 음 너한테는 아카넬이 더 편하겠네. 아카넬이라고 부를게. 아카넬이 언제 터질지 몰라서 누구 하나는 붙어 있어야 하거든."

"그가 터져요?"

"응. 내버려 뒀다가는 누가 막든 다 박살 내고 달려갈 거야. 제대로 열 받았거든."

"그가 화를 내요?"

내 말에 이서릴이 말을 멈춘다. 생각에 잠기더니 이윽고 웃음을 터뜨렸다.

"음, 그래. 그 아이 옛날부터 표정 읽기가 어려웠지."

3.

가니메데는 천천히 몸을 웅크렸다. 팔다리는 모두 재생했다. 용언 역시 되찾았다. 그러나 이 과정에서 마력의 절반을 탕진해야 했다. 사지 역시 재생했다고는 해도 정상적으로 움직이려면 휴식이 필요하다.

'개 같은 자식.'

그는 이를 으드득 갈았다. 로드에게 이 일을 모두 고해바치리라. 아무리 평소 총애하는 녀석이라고 해도 로드가 이 일을 좌시할 리는 없다. 최소 감금형이고 마력 봉인형이다. 봉인된 그놈 앞에서 그녀의 사지를 잘라서 흩뿌릴 걸 생각하니 기분이 좋았다.

가니메데는 일생 동안 단 한 번도 누군가에게 진심으로 증오를 품어 본 일이 없었다. 힘들 일이 없으니 증오나 슬픔이란 감정을 느낄 필요도 없었기 때문이다. 그러나 지금은 다르다. 가니메데는 아크란이 증오스럽다. 그리고 그 계집이 더욱 증오스러웠다.

그녀이 나타나기 전까지 그와 아크란은 그럭저럭 친구라는 형태를 유지할 수 있었다.

'그 인간 계집년.'

솎아 내야 한다. 그런 독초 같은 계집은 하루 빨리 솎아 내야 한다. 그녀의 꿈이 드래곤 슬레이어를 만드는 것이라 하였던가. 키워 봐야 쓸데없는 계집이다.

그는 로드에게 모든 것을 고해바치고 그년을 찢어 죽이는 상상을 맛본다.

이곳은 그의 레어 안. 인간이었을 때 기거했던 궁과는 차원이 다르다. 절대 보호 마법과 절대 수호자들이 둥지를 지키고 있다. 그 어떤 인간, 그 어떤 자연 재해가 찾아온다고 해도 둥지 안은 안전하다.

'찢어 죽인다. 그 눈알부터 뽑아낼 거야. 시신경 다발까지 고이 뜯어 아크란 놈이 보는 앞에서 한 입 한 입 삼켜 주지.'

무표정한 놈의 표정이 증오로 물드는 걸 간절히 보고 싶었다.

그때 먼 곳에서 쿠웅, 소리가 울린다. 그는 지진이라도 일어났나 생각한다. 괜찮다. 지진 정도라면 둥지는 안전하다. 다시 쿠웅…… 묵직한 충격이 땅을 타고 그를 흔들었다.

그가 몸을 일으키기도 전에 굉음을 일으키며 벽이 뜯긴다.

그에 눈에 보인 건 상반신은 소고, 하반신은 인간인 거대한 악마다.

마계 대공 발록.

마신 전쟁이라도 일어난 건가? 그가 놀라서 입을 벌렸다. 발록의 머리 위에 보이는 건 두 사람, 그중 검보랏빛 형체가 뛰어내렸다.

"여어, 이 녀석 맞아?"

눈앞에 있는 건 안대를 한 소년. 보라색 벨벳 모자에 층 있는 단발 보브컷을 한 소년이다. 아무리 봐도 평범한 부잣집 소년으로밖에 보이지 않는다.

발록 위에 있던 회색의 청년이 함께 뛰어내렸다.

탕.

그가 입고 있던 회색 로브가 깃털처럼 내려앉았다. 눈에 붕대를 감고 있는 회색 청년은 이쪽을 바라보더니 목소리를 냈다.

"음, 맞아. 심장 소리가 똑같아."

"아, 그래? 고마워. 그레이 씨."

소년은 방긋 웃었다. 소년의 그림자가 수십 개로 갈라진다. 소년이 손가락을 탁 튕겼다.

"넌 이만 가 봐. 소환 해제."

그 순간, 마계 대공은 아무 말도 하지 못하고 마계로 강제송환된다. 저 정도 급을 손끝으로 움직일 수 있는 존재가 인간이라는 생각은 들지 않았다.

"너 인간이 아니군."

"옛날에는 인간이었어. 지금은 너희들과 같은 존재지."

가니메데가 광소를 터뜨린다.

"이놈이고 저놈이고!"

가니메데는 변신을 풀었다. 카이 알테리온과 싸웠던 기억이 남아 있기 때문이다. 인간의 모습으로 싸운다는 건 인간의 급소를 함께 안고 싸운다는 뜻.

그런 짓은 하고 싶지 않았다. 그의 몸이 점점 더 커진다. 더욱 부풀어 오른다. 손톱으로만 긁어도 흠집이 나는 여린 살덩이 위를 단단한 비늘이 감싸고, 손바닥 반 뼘만 하던 목은 집채만큼 굵어진다.

크롸롸롸롸!

가니메데가 날개를 편다. 엄지발톱보다도 작은 소년이 말했다.

"이놈이나 저놈이나 변신하고 난리야. 야, 나도 변신할 줄 알거든?"

소년은 청년으로 변한다. 그러나 그것뿐이다. 엄지발톱보다 작은 게 이제 엄지발톱보다 조금 커졌다는 정도다.

그레이가 말했다.

"약속은 지킬 거지?"

"응응, 누나를 괴롭힌 새끼가 누군지 말해 줬으니 사례할게. 사례금은……."

그레이가 뒷말을 이었다.

"뼈와 가죽."

리버의 그림자가 갈라진다. 수십 수백의 그림자가 바닥을 타고 기어가기 시작했다. 명백한 악의를 가지고 땅을 기었다.

[가소롭군, 흑마법사여! 네가 쓰고 있는 어둠이란 인간의 악의를 담고 있는 탁한 어둠. 네놈이 인간으로 시작한 이상 순수한 어둠에 다가가지 못해. 진정한 힘을 맛보아라!]

가니메데의 주둥이에 빛이 뭉친다. 골드 드래곤들은 원래부터 빛의 힘과 친했다. 어둠을 파괴하는 힘. 솔라 브레스!

쿠과가가가가강!

리버는 막으려고 하다가 옆에 있는 그레이를 붙잡고 그림자 속에 숨었다. 브레스가 스쳐 지나간 곳은 구멍이 뚫렸다. 2,000미터 산맥 벽에 바람구멍이 생긴다.

리버가 다시 그림자 밖으로 빠져나온다.

"에구구. 저 자식 독이 잔뜩 올랐네."

"살려줘서 고맙군. 날 죽게 내버려 뒀으면 대가는 내지 않아도 됐을 텐데."

"말했잖아. 나는 너에게 꽤 흥미 있다고. 네가 만든 검에 어떤 잠재력이 있는지 정말 궁금하거든."

리버의 말에 그레이가 웃는다. 악당은 악당끼리 통하는 면이 있다.

그것은 악의 보스와 악의 과학자의 만남과 같았다. 악의 보스 리버가 말했다.

"두 번은 안 살려주니까, 형아의 몸은 알아서 챙기쇼."

대체 저 리치는 언제까지 연하의 컨셉을 유지하는 것일까. 리버가 점프한다. 가니메데는 다시 브레스를 준비한다.

가니메데는 몰랐다. 발록을 손끝으로 부릴 수 있으면서도 왜 구태여 혼자서 덤비는지. 아카넬이라면 곧바로 추론했을 거다.

'이 녀석은 발록의 힘이 없어도 충분히 강하다. 자신을 죽일 거란 확신이 있을 만큼.'

그러나 애석하게도 가니메데에게는 그만한 지혜가 없었다.

솔라 브레스를 더욱 힘껏 날린다!

리버의 몸이 브레스 속에 삼켜진다. 초고열 신성력이 놈의 몸을 튀겨 댄다.

콰르르르릉!

브레스는 20분이나 지속되었다. 놈을 완전히 죽였다는 확신이 들자 그제야 가니메데는 끝낸다. 과연 놈이 있던 자리에는 아무것도 남지 않았다. 당연했다. 그의 브레스를 정통으로 맞고 뼈라도 추릴 수 있을까 보냐.

승리의 고함을 지르려는 순간, 머리 위에서 인기척이 들렸다.

"멍청하네."

죽은 줄 알았던 놈이 그의 머리 위에 서 있었다. 거대한 낫을 들고 청년은 그를 비웃었다.

"환영 마법 몰라? 미쳤다고 그거 맞아 가며 정면 돌파하겠냐."

빠아악!

청년의 낫이 가니메데의 두개골을 후려친다. 머리가 어찔하다. 가니메데는 곧바로 용언을 쓴다.

[**मरन** (죽어라).]

마나가 오래된 약속에 따라 청년을 묶는다. 그러나 청년에겐 듣지 않는다. 리버가 웃었다.

"야, 너 뭔가 착각한 모양인데, 나 이미 죽었어. 네 눈앞에 있는 놈은 산 놈이 아니라 죽은 놈이거든요? 죽음의 왕이라고 아세요?"

빠악!

어쩐지 놈에게는 용언은 듣지 않는다. 그가 낫으로 후려칠 때마다 뼈마디가 욱신거린다. 다행히도 드래곤에게는 비늘이 있다. 놈이 아무리 공격해도 비늘을 뚫지 못하면 무용지물.

가니메데는 정신을 집중한다.

[रोवडि (멈춰라).]

리버는 멈추지 않는다. 그저 그를 패는 힘만 계속 강해질 뿐이다. 리버가 말했다.

"아, 한 가지 더. 용언은 말이지, 같은 급이 아니면 안 통해. 단어 하나 가지고는 나한테 안 먹히거든? 제대로 하려면 문장 정도는 구성해라, 도마뱀 새끼야."

도망치자. 이렇게 된 이상 도망치는 게 맞다.

이 세상이 얼마나 넓은지는 그도 알게 되지 않았나. 그러나 그의 몸이 움직이지 않는다.

발아래에 그의 그림자가 네 방향으로 뻗어 있었다.

그레이가 이 기술을 알아보았다.

"인어를 가둘 때와 똑같군."

"아아, 그것보다는 조금 더 신경 쓴 마법."

리버는 손가락을 딱딱딱 규칙적으로 튕겨 댄다. 그의 입에서 빠르게 주문이 영창되기 시작했다.

그림자가 가니메데의 몸을 삼킨다. 가니메데는 자신의 그림자 속에서 허우적거린다.

그림자를 타고 마계의 짐승들이 손을 뻗는다. 드래곤을 붙잡아 자신의 것으로 하기 위해 아귀처럼 손을 뻗는다.

'배고파, 배고파.'

반쯤 그림자에 잠겨서 가니메데가 소리 지른다. 리버가 말했다.

"있잖아, 누나가 아프면 나도 아파. 너 진짜 아프게 때리더라. 대체 우리 누나 몸에 때릴 데가 어디 있다고 그렇게 괴롭히냐."

리버의 낫이 커진다. 커지고 커지고 더욱 커진다.

"처음 찌른 곳이 여기던가?"

낫이 놈의 왼팔을 가른다.

푸가가가각!

비늘을 가르며 놈의 팔을 찢었다. 가니메데가 비명을 지른다. 리버가 나른하게 속삭였다.

"누나는 그거보다 더 아팠어. 나는 덕분에 두 배로 아팠고. 운명 공동체 알아? 통각을 공유한다는 게 얼마나 귀찮은 일인 줄 아냐?"

피가 튄다. 살점이 튀어 오른다. 고작 벼룩만 한 새끼가 자신의 몸 위에서 저지른 짓이었다.

"아, 드래곤 하트를 뽑아내기 전에 궁금했던 거 하나 있었는데 그것 좀 풀어야겠다."

그게 뭘까. 그레이가 팔짱을 끼고 쳐다본다. 리버가 답했다.

"드래곤 뼈는 총 몇 개로 이루어졌을 거 같아?"

그렇게 말하며 견갑골을 뽑아냈다.

[크아아아악!]

리버는 놈의 비명을 멜로디 삼아 흥얼거렸다.

"우선 하나~"

그레이가 함께 미소 지었다.

"소리 좋고."

4.

차를 마시던 이서릴의 손이 멈춘다.

'지금쯤 주었겠네.'

그 아크 리치를 무사히 돌려보내기 위해서는 참 많은 것들이 필요했다. 우선 분쟁의 해결사라 불리는 신룡의 드래곤 이서릴 자신의 이름값이 한몫했고, 그녀를 그렇게 만든 드래곤이 누군지 직접 말할 수는 없지만 그레이는 알고 있다고 운을 띄운 게 두 몫 했다.

또한 이곳은 회복과 치유를 위해 만들어진 결계이며 흑마법사가 들어오게 되면 결계가 깨질 것이고, 우리가 싸우기라도 하면 그 여파가 전체에 미쳐서 카이는 더욱 위험해질 거란 말이 세 몫 했다.

'아크란도 그 말은 듣던데 저 미친 아크 리치도 알아듣는군.'

그녀는 대체 목줄을 몇 개나 끌고 다니는 걸까. 아니, 보통은 드래곤과 아크 리치의 총애를 받았다면 보석의 산에서 헤엄을 쳐야 정상 아닌가. 대체 왜 사지 절단 나서 누워 있는 걸까.

겉으로 봐서는 그냥 예쁜 인간 여성이다. 아카넬에게 듣기로는 물의 기운과 마기를 섭취했다고 하니 보통 인간보다 좀 더 강한 여성이겠지.

그래 봤자 반신급 존재들이 보기에는 그냥 평범한 인간이다. 달리 큰 매력이 있는지는 모르겠다. 숨 쉬듯이 현혹 마법을 쓰는 것도 아니고, 쓴다고 해도 통할 존재들도 아니고.

'정신력이 강한 건 인정해 줘야겠지.'

그동안 믿어 왔던 기반 그 자체가 흔들렸다. 고문을 당했고, 강간을 당할 뻔했고, 살해를 당할 뻔했다. 그것도 누군가의 말 한 마디로. 거기다가 숨을 쉴 때마다 밀려오는 고통에 저주, 포션이 안 듣는 몸뚱이까지.

보통이라면 밧줄을 찾고 있을 거다. 대들보에 목이라도 매달려고. 아니면 사람 구실을 못 할 정도로 마음이 망가지거나.

그녀가 한 거라고는 기껏해야 아카넬을 방 밖으로 보내고 조용히 혼자서 울음을 터뜨린 것뿐이었다.

그녀에 대한 의문이 많지만 이서릴은 덮기로 했다. 그저 확실한 건, 지금쯤 아크 리치가 가니메데를 죽였으리란 것.

용이 용을 죽이는 건 룰 위반이다. 그러나 다른 종족과 싸워서 진 거면 어쩔 수 없는 일이다.

용사가 드래곤을 무찌를 때마다 분노한 동료 드래곤이 날아와 나라를 쓸어버린다면 어떻게 용사 토벌 신화가 생긴단 말인가.

세상은 약육강식이다. 본인이 약해서 다른 종에게 당한 거라면 로드도 어찌하지 못한다.

'청소 끝.'

이제 이 사실을 아크란에게 알려주고 분노를 잠재우면

된다. 로드께는 아크란이 가니메데에게 용언 수업을 과격하게 했고, 가니메데는 레어로 돌아가서 쉬는 사이 흑마법사에게 기습을 당해 사망했다고 알리면 된다.

이 이야기에 의문을 제기할 자는 없다.

죽었으니까.

5.

시간이 얼마나 지났는지 모르겠다. 어둠 속에서 침대에만 누워 있자니 매미 유충이 된 기분이다. 대체 언제쯤 여름이 시작되는 걸까. 그리고 나는 언제쯤 회복이 되는 걸까.

열이 올랐다 내리기를 반복했다. 덥다고 소리 지르다가 춥다고 비명을 질렀다.

먹은 것들을 다 토했다. 살다 살다 이런 고열이 없었다. 누군가가 말했다.

"저주의 주인이 죽었으니 쌓여 왔던 만큼 한꺼번에 회복되느라 그래. 회복력을 몸이 못 버티는 거지."

아카넬인지 이서릴인지는 기억이 나질 않는다.

오늘 눈을 뜨니 머리가 맑았다. 열은 없었고 몸은 가벼웠다. 시험 삼아 기침을 해 봤는데 통증이 없었다. 내장과 늑골이 회복된 모양이다. 그렇다면 어디까지 나은 걸까.

손가락에 힘을 준다. 어깨부터 팔까지 근육이 꿈틀거리는 게 느껴진다. 아프지 않다. 그때 문이 열리더니 누군가가 들어온다.

"안녕, 훨씬 좋아졌네."

여성의 목소리다. 커튼을 열자 아침빛이 쏟아졌다. 초록색 얇은 드레스를 입은 여성이다. 하프 엘프에 낯익은 얼굴.

"이서릴이라는 분과 쌍둥이신가요?"

내 말에 그녀가 하얀 치아를 드러내며 웃었다.

"아냐, 내가 이서릴이야. 드래곤은 남자로도 변할 수 있고 여자로도 변할 수 있다고 말했던 거 기억나?"

"아, 네. 네……."

"네가 고열에 시달리는 내내 나도 아카넬도 다가오는 걸 거부하더라고. 혹시나 해서 여자로 몸을 바꾸고 나니 거부하지 않기에 계속 여자로 있었던 거야."

손등으로 이마를 쓸었다. 아직도 땀이 배어난다.

"물론 아카넬 녀석이 진정되었으니 나도 굳이 전투태세로 있을 필요 없으니까."

"진정되었어요?"

"가니메데 녀석 죽었어."

그 말에 잠깐 숨을 고른다. 고열에 시달리는 동안 그 말을 얼핏 들은 기억이 난다. 그래서 회복력이 돌아왔다고 했다. 그러나 막혀 왔던 회복력이 둑이 터지듯 갑자기 한꺼번에 터져 나가면서 몸의 밸런스가 완전히 무너졌다고, 그래서 그렇게 더욱 괴로웠던 거라고 했다.

"죽였군요."

"누가 죽였는지는 안 물어보니?"

"……."

꼭 물어봐야 할까. 나는 그 이름을 듣는 것만으로도 소름이 끼치는데.

그녀는 웃음을 터뜨렸다.

"뭐 괜찮아. 곧 알게 되겠지. 어때, 몸은 움직일 수 있니?"

나는 천천히 상체를 들었다. 척추가 우드득 비명을 지른다. 오랫동안 누워 있었더니 온몸이 담이라도 걸린 것처럼 아프다. 그래도 움직이는 데는 지장 없다.

"목욕할래? 땀 때문에 찜찜하지?"

침대 아래에 다리를 내려놓다가 쿠당탕 엎어진다. 그녀가 혀를 차더니 나를 붙잡아 들었다. 역시 드래곤이라는 건가. 가느다란 팔로 내 몸 정도는 짚단처럼 들어 올린다.

그녀는 정령을 소환한다. 허공에 반투명한 물의 정령이

맺힌다. 상반신은 여성이고 하반신은 물고기다.

"운디네, 여기에 물을 채워 놔. 그리고 샐러맨더."

그녀가 불의 정령을 소환하자 불붙은 도마뱀이 허공에서 모습을 드러냈다.

"물을 덥혀 놔. 사람 체온보다 조금 높은 정도로."

두 정령이 일을 마치자 그녀는 나를 물속에 담근다. 담그기가 무섭게 물이 새카매진다.

"으아악? 이게 다 땀이에요?"

"아니, 노폐물. 빠르게 몸을 재구성하느라 생긴 거지, 뭐."

냄새도 고약하다. 그녀는 다시 운디네를 시킨다.

"노폐물이 사라질 때까지 물을 정화…… 아냐, 그럴 거 없다. 더러운 물 버리고 새 물로 채워 놔. 겸사겸사 씻기고."

운디네가 움직인다. 나를 씻기고 시커먼 물이 더 이상 나오지 않을 때까지 물을 순환시킨다. 이윽고 욕조 안은 더러움 하나 없는 맑은 물로 변한다.

'와, 정령 정말 편하다.'

메이드들이 몸을 씻기려면 브러시가 필요하다. 그걸로 사람 등을 밀 때마다 피가 날 정도로 아프다. 그러나 정령은 씻기는지도 모르게 내 몸을 씻고 나간다. 상대가 사람이 아니라 무슨 대자연에 몸을 맡기는 기분이라 부끄럽지도 않다.

정령술 나도 배워 보고 싶다. 그런데 배운다고 배울 수 있는 건가, 그거.

그녀는 선반에서 약초와 꽃을 꺼내서 칼로 하나하나 잘라 욕조 위에 띄운다.

"뭐 하시는 거예요?"

"엘프식 약탕 만들어. 회복력을 높여 주고, 피부를 곱게 해 주지. 근육통에도 그만이야. 약이니까 그냥 마셔도 돼."

신기하다. 전에 주었던 약차도 꽤나 솜씨가 좋았던 걸로 기억한다.

"약초에 대해 잘 알고 계시나 봐요."

"응, 아마 어지간한 하이 엘프들보다 내가 더 잘 알걸?"

그녀는 말린 열매를 반으로 자르더니 내게 한 입 먹게 했다.

"많이 쓸 거야. 그래도 씹어서 다 삼켜."

열매는 끈적끈적했고 씹을 때마다 쓴 즙이 나왔다. 가뜩이나 입 안이 건조해서 삼키기는 더 힘들었다. 나는 그냥 탕을 한 모금 먹었다. 마셔도 된다고 했으니 마시지, 뭐.

탕에서는 의외로 단맛이 났다.

그녀는 나를 위아래로 훑어본다.

"체형도 좋고, 얼굴 비율도 그 정도면 괜찮고. 꾸미는 맛은 있겠네."

"꾸며요?"

"당연하지. 인생의 즐거움 아니겠어? 왜 내가 여성체를 더 선호하는데."

그러고 보니 그녀의 머리에 찬 핀부터 무심한 듯 색깔을 맞춘 심플한 목걸이, 그리고 바람이 불 때마다 잠자리 날개처럼 부풀어 오르는 연두색 얇은 드레스하며, 전부 장인의 손을 거친 구하기 힘든 것들이었다. 거기다가 하나같이 그녀의 분위기와 잘 맞는 것들이어서 그녀의 센스가 얼마나 대단한지 두려울 정도였다.

"예쁜 건 좋은 거야."

"이렇게 외진 곳은 봐 줄 사람이 없지 않나요?"

"얘는, 남에게 보여 주기 위해 꾸미니? 다 자기 만족이지. 솔직히 이 얼굴이면 넝마를 입어도 인기가 좋아요."

그건 맞다. 내 눈앞에 있는 이 여인은 천사상과 성모상과 악마 숭배자들이 세워 놓는 서큐버스 동상을 합친 것 같은 미모를 가지고 있으니까.

'드래곤들이 인간으로 변하면 다 아름답긴 하지만.'

아카넬의 미모도 마찬가지고, 쓰레기 같은 가니메데도 미모는 잘나지 않았나.

그녀가 말했다.

“너는 원판이 좋으니까 더 예뻐질 수 있어. 예뻐지면 기분 좋지 않아?”

“칼이 예쁘게 나오면 기쁘긴 해요.”

“칼 말고, 너, 너, 너 말이야.”

그녀가 검지로 내 이마를 꾹꾹 누른다. 손톱으로 누르니 엄청 아파.

“아니, 하지만 아무리 아름다운 옷을 입어도 대장간 가면 재나 뒤집어쓸 건데요?”

“네 머릿속에는 칼밖에 없구나. 그거 빼면 뭐가 남는데? 늙어서 후회한다?”

내 인생에서 칼을 빼면 뭐…… 죽어야지.

죽을 거라고 신께 맹세도 했다. 더 이상 무기를 못 만들게 되면 내 목숨 가져가시라고.

‘내가 많이 이상한 건가?’

모르겠다. 한 번도 이 문제에 대해 깊게 생각해 본 적이 없다. 그럴 마음의 여유 같은 것도 없었고.

“아무튼 제대로 꾸며 줄 테니 각오해. 패션의 즐거움을 잔뜩 느끼게 해 줄 테니까.”

“저, 칼을 만들어야 하는데…….”

그레이와 내기가 있지 않았나. 그녀는 팔짱을 끼고 삐딱하게 나를 바라본다. 흡사 미친년을 보는 듯한 눈이다. 그러더니 탕에 떠 있는 꽃을 집어서 내 머리에 꽂아 준다.

"음, 이제 좀 어울린다."

"저 안 미쳤거든요!"

"그 몸으로 바로 대장간에 간다고? 드래곤이세요?"

"다 나았잖아요!"

"너는 골드 드래곤의 분노를 정면으로 쳐 맞았어. 거기다가 용언에 당하고 두들겨 맞느라 사지가 절단 난 상태에서 저주도 걸리고, 아주 생지랄을 했지."

와, 입 한번 험하시다. 그녀가 말을 이었다.

"이제 팔다리를 움직일 수 있으니 대장간으로 기어들어가겠다고? 죽고 싶어서 환장했냐. 십자수를 한다고 해도 뜯어말린다고 할 텐데 대장가안? 사내새끼들도 두 시간이면 뻗는 대장간 일을 하겠다고?"

그게 내 생업인 걸 어쩌라고.

나는 그냥 그렇게 살아 왔다. 그게 내 인생이고 다른 건 생각해 본 적이 없었으니까. 그러나 그녀의 생각은 다른 모양이다.

"일주일간 노동은 금지야!"

6.

나는 그녀에게 말했다.

'같은 드래곤인데 가니메데와는 다르네요.' 라고. 그녀가 답했다.

'사람도 다 다른데 드래곤이라고 똑같겠니.'

하긴, 나와 아리네스와 무지카가 서로 다르듯 아카넬과 가니메데와 이서릴이 다르겠지. 목욕을 끝내고 밖으로 나오니 이번에는 바람의 정령 실프를 소환해서 내 몸을 말렸다. 물기 하나 남지 않고 뽀송한 피부를 보니 신기하다. 정령술, 꼭 배우고 싶다.

그녀는 병에서 크림을 쭉 짜내더니 내 손등에 얹었다.

"온몸에 발라."

"뭐에 쓰는 거죠?"

"피부 보습."

귀족가에서 쓰는 크림과는 뭔가 다르다. 귀족가에서 쓰는 크림은 특유의 고래 기름 냄새가 강했는데 이건 꽃향기가 더 강하다.

"신기하네요."

"당연하지. 누가 만든 건데. 마탑에서 파는 것과 같을 줄 알아? 이 몸이 만든 건 훨씬 뛰어나다고."

몸 구석구석에 발라도 전혀 뭉치는 곳 없이 스며들었다. 그녀는 내 벗은 놈을 한참 보더니 옷장에서 옷 몇 벌을 꺼냈다.

"넌 비율이 좋아서 어지간한 옷은 다 잘 어울려. 색은…… 어디 보자."

그녀는 옷을 계속해서 내 몸에 대 본다. 마지막으로 고른 건 흰색 베이스에 푸른색으로 포인트를 준 가벼운 원피스다.

"이게 좋겠다."

거기에 스타킹에 구두를 꺼낸다. 옷이 나오는 수준을 보니 옷장에도 뭔가 마법이 걸려 있는 모양이다. 공간 압축 마법 같은 거.

나는 잠자코 그녀가 주는 대로 입었다. 그녀는 내 피부를 만져 보더니 한숨을 쉬었다.

"아깝다. 아까워. 이런 얼굴을 썩혀 두고 산단 말이야?"

그러더니 입술연지와 가벼운 볼 터치 솔을 들고 와서 화장을 해 주었다.

마지막으로 머리끈을 고르다가 선반에 놓은 내가 만든 그 머리끈을 집어 들었다.

"이거 네가 만든 거니?"

"네. 보석은 선물받은 거고요."

그녀는 머리끈을 햇빛에 비춰 보고는 구석구석 살핀다.

"솜씨 좋네. 센스도 좋고. 요즘 남성 장인들이 만드는 여성 장신구는 이런 매력이 없어. 본인이 쓸 일이 없으니 뭐가 필요한지도 모르지. 화려하고 예쁘게만 만들면 얼굴에 다 어울릴 거라고 생각해."

아리네스에게 들었던 말이다. 비녀를 만들 때 그녀가 말했다. 여자에게 필요한 물건들이어도 만드는 건 남자들뿐이라고, 그러니 여자 대장장이는 귀중하다고. 어쩌면 내가 생각하는 것보다 더욱.

그녀는 내 뒷머리를 반묶음한 후에 솜씨 좋게 땋았다. 그러고는 머리끈으로 마무리를 장식했다.

"음, 예쁘다."

거울 속에는 사파이어 브로치를 깎아 만든 것 같은 소녀가 앉아 있었다. 그녀가 나를 문득 바라보다가 말했다.

"또 과호흡이 온 거니?"

그러고는 내 입술에 키스했다. 나는 그녀를 약하게 밀쳐냈다.

"아, 이제 괜찮아요."

"힘들어지면 말하렴. 아, 혹시 여자의 모습이라 힘든 거면."

그렇게 말하더니 남자로 변한다. 그녀가 입었던 원피스

가 순식간에 꽉 낀다.

"괘, 괜찮아요!"

아카넬이 이상한 거야, 아니면 다른 드래곤들이 죄다 괴짜인 거야!

밖으로 나오니 아카넬이 차를 마시다 말고 나를 바라본다. 이서릴이 나를 뒤에서 껴안았다.

"어때, 예쁘지? 반했지?"

아카넬이 시선을 돌린다.

"호박에 줄 그었군."

윽, 말이라도 좀 곱게 하시면 안 됩니까. 이서릴이 내 귓가에 속삭였다.

"저 인간 부끄러워지면 저런단다. 네가 이해하렴."

"누이!"

"왜? 내가 뭘~"

그녀는 후다닥 내 뒤로 숨었다. 아카넬을 상대로 저렇게 갖고 놀 수 있는 사람이 몇이나 될까. 꼬리가 아홉 개는 달린 것 같았다.

그녀는 나를 앉혀 놓고 자신은 차를 끓이러 갔다. 이서릴이 사라지니 거실 안에 침묵만 감돈다. 아카넬은 지금 이 순간에도 책을 읽고 있다. 그의 손끝을 보고 있자니 문득 저 손에 내 손을 얽고 싶다는 생각이 들었다.

'내가 무슨 생각을……!'

미쳤다, 미쳤어. 가니메데한테 머리라도 맞았나 보다. 아니면 내내 누워 있다 보니 뇌가 이상해진 걸지도.

고개를 휘휘 저어 생각의 거품을 빨리 쫓아낸다. 나는 그가 두렵다. 그는 지상 최강의 육식 생물 아닌가.

'인간의 모습에 속으면 안 돼!'

그렇고말고. 거기다 정작 저 인간은 나 같은 건 전혀 신경을 쓰지 않는 것처럼 보이니까. 이서릴이 안으로 들어왔다.

"찻잎이 떨어졌어."

"오래 살다 보니 누이 집 찬장에 찻잎이 떨어질 날이 오긴 하는군."

"왜 그래, 누가 들으면 내가 밥 대신 차만 먹고 사는 줄 알겠다."

"맞는 말 아닌가. 누이 피의 절반은 홍차로 되어 있을걸?"

그녀는 볼을 빵빵하게 부풀리더니 내게 다가왔다.

"카이, 쇼핑하자. 그렇지 않아도 너한테 예쁜 옷들 좀 사주고 싶었어."

7.

그녀의 집 정원에는 수많은 마법진이 그려져 있었다. 그녀가 말했다.

"공간 이동 마법진이야. 여길 지나면 대륙 어디든 갈 수 있어."

아카넬은 보고 있으니 두통이 밀려왔는지 관자놀이를 꾹꾹 눌렀다.

"누이……."

"아, 아냐. 룰은 제대로 지켰어. 지금의 나는 대정령사라는 설정이고, 마법에 능통하다는 전제니까 당연히 이 정도 마법진은 만들 수 있다고!"

"좀 과하지 않나."

"닥쳐! 모범생!"

그녀가 아카넬을 향해 검지를 척 치켜들었다.

"원칙을 지키겠다고 마차에 배까지 타고 다니는 놈은 너밖에 없다고, 아카넬. 다른 드래곤들도 다들 편법 하나씩은 쓰고 있어. 죽은 가니메데 놈은 아예 편법을 쓸 수 없으면 유희도 안 나가겠다고 했던 놈이었고."

그래, 날 따먹겠다고 용언도 쓰시고. 잘한다, 개새끼 아니, 용새끼.

내가 물었다.

"인간으로서의 이름은 뭔데요."

"지금 이름은 이서리안."

소문으로 들은 적 있다. 천재적인 정령사, 이서리안. 하프엘프의 혈통으로 4대 최상급 정령들과 계약을 했고 소문으로는 정령왕과도 교우가 있다고 한다.

그러가 그녀가 유명한 건 그것 때문이 아니다.

"남자면서… 여장 취미가 있다는 그……."

"하지만 남자 옷도 좋고, 여자 옷도 좋다고! 어쩔 수 없잖아. 둘 다 입을 수밖에!"

…그렇군. 그녀의 의견은 실로 타당하다.

"인간 앞에서는 남성체로 다니는 거예요?"

"그때그때 달라. 일단 사람들은 남성으로 알고 있어. 그 편이 인간들 사이에서 움직이기 좋으니까. 여자는 귀찮아. 빛의 신의 교리만 해도 여자는 남자를 유혹한 벌로서 평생 월경과 출산으로 고통받으라는 저주를 받았다고 하고."

그랬다. 일부 성직자들은 여자는 불결한 존재이고 남자를 성욕에 물들게 하니, 아버지와 남편은 자신의 아내와 딸을 매일 때려야 한다고 주장하고 있다.

"…그 교리 진짜예요?"

"진짜겠냐! 인간이 멋대로 만든 교리야. 그걸 진짜로 믿는 새끼가 쓰레기고. 애초에 빛의 신은 그딴 말은 한 적 없어. 논리적으로 봐라. 그럴 거면 여자를 왜 만들었겠냐."

역시 그렇구나. 우리 알테리온 가문이야 선조가 동대륙에서 넘어온 터라 빛의 신의 교리를 따르고 있지 않다. 알타미르 역시 명목상은 빛의 신 교단이 있고 주말이면 신전을 가는 사람도 많지만, 국교 이름이 '머니교' 이고 교주가 천년왕이라는 농담이 있을 정도로 상업이 발달하고 지식인들이 많아지면서 교단이 그리 영향력을 발휘하지 못했다.

'아리네스 같은 사람들도 한몫 기여했을 거고.'

그녀 앞에서 빛의 신의 교리에 대해 말하며 그녀는 여자이니 집에 들어가 결혼이나 하라고 했다가는 아마 다음날 어디 골목길에서 싸늘한 시체로 발견되겠지.

물론 그건 알타미르나 우리 영지 같은 곳 이야기.

제국이 쇠락해 가는 와중에도 여전히 교단에 의지하는 곳들도 많다. 교리 원칙적으로 가자면 여자로 태어난 것만으로도 원죄다.

'그런 사람 앞에서도 방금 이야기를 주장했다간 이단 심문관에게 끌려가기 좋지.'

황권이 쇠퇴해도 교단의 세력은 여전하고 빛의 신을 믿지 않으면 이교도 취급받기 딱 좋다.

애초에 우리 가문이 배척당하는 이유도 그 뿌리가 이교

도이기 때문이니까.

가슴이 답답해서 작게 숨을 토했다. 그녀가 말했다.

"어라, 또 과호흡이야?"

그 말에 입술을 가리고는 세차게 고개를 흔들었다.

"그, 그런 거 아니거든요!"

그라고 해야 할지, 그녀라고 해야 할지 방심을 못 하겠다.

"아무튼 걱정하지 마. 단순히 여장만 하는 게 아니라 성별 전환 약도 먹고 있는 걸로 알고 있어."

음, 그 소문은 알고 있다. 덕분에 사교계에는 엄청난 소문이 돌고 있지.

그녀는 잠깐 고민하다가 '잠시만 기다려.' 라고 말하더니 집으로 도로 들어갔다. 얼마나 기다렸을까. 그녀가 달려왔다. 핑크색 드레스에 양산, 그리고 예쁜 리본 모자까지 썼다. 문제는 남자라는 거다. 남자 육체로!

"어울리지?"

어울린다. 남자일 때도 중성적인 외모에 남자답지 않은 허리 라인이었으니까. 그런데 숫제 여장을 하다니.

"이 옷에는 이편이 더 좋단 말이야. 여자 몸에 그냥 핑크 드레스라니, 너무 흔해. 미청년의 육체에 핑크 드레스 쪽이 임팩트 있고 멋지잖아."

아카넬은 관자놀이를 꾹꾹 눌렀다.

"누이……."

"룰 위반은 아니다, 뭐."

"확실히… 룰 위반은 아니다만……."

아카넬은 굉장히 혼란스러워 하는 눈치다. 그녀가 말했다.

"이 모습일 때는 형이라고 불러, 형."

누이에서 형으로. 아카넬이 망설이자 그녀가 말했다.

"왜 그래? 인간의 외형으로는 그편이 더 맞지 않아?"

아카넬이 답했다.

"이서리안 군."

그래, 명안이다. 형이라고는 죽어도 못 부르겠다는 거지. 그녀, 아니 그가 프릴 달린 양산을 빙글빙글 돌렸다.

"나 기사 작위 땄어."

"……이서리안 경."

"줄여서 이서릴이라고 불러도 돼. 친한 인간들에겐 애칭으로 그렇게 불리고 있으니까. 아, 물론 드래곤 이서릴인 줄은 모르고 있어."

아카넬이 짜증을 꾹꾹 담아 답했다.

"이서릴 경."

"좋아. 갈까요, 아카넬 대공?"

이쯤에서 타협 본 모양이다.

마법진에 올라서니 주변이 빙그르르 돌았다. 풍경이 흔들리며 나타난 곳은 어느 좁은 골목 안이다. 그녀, 아니 그—자꾸 헷갈린다.—가 핑크 스커트를 펄럭이며 경쾌하게 속삭였다.

"짜잔! 패션의 도시 웨스테리안에 오신 것을 환영합니다!"

그 말에 손이 떨렸다.

"거, 거기 대륙 극서부 지대잖아요!"

내가 있던 그 빌어먹을 사막 도시는 둘째 치고, 알타미르에서도 까마득하게 먼 곳이다. 대륙 끝에서 끝을 이동해 온 셈이다.

그가 말했다.

"뭐 어때? 순간 이동 마법인데 뭐~"

아무리 이동 마법이라도 대륙 끝에서 끝까지 가려면 중간 포털을 몇 번 거쳐야 하는 데다가 극심한 좌표 변화로 인해 뱃속에 있는 걸 다 게워야 정상이라고!

이렇게 편안하고 매끄러운 이동은 드래곤의 마법밖에 없단 말이다!

아니면 리버처럼 소싯적에 인체 실험 좀 하고 1,000명의 목을 따서 마계 문을 열고 극악 발광을 하며 데미갓의 영역까지 가야 하는데 그랬으면 댁이 정령사 소리를 못 들었지.

'설정 오류다, 설정 오류야. 이래서 드래곤들은.'

그가 양산으로 나를 척 가리켰다.

"싫으면 아카넬처럼 마차로 오든가."

이놈의 드래곤들은 중간이 없다. 나는 항복을 외쳤다.

"네, 가요. 가요."

그래, 뭐. 인간에게 걸리든 뭘 하든 본인 책임이지 내가 알게 뭐냐. 구경이나 하고 케이크나 주워 먹지, 뭐.

8.

웨스테리안.

대륙은 넓다. 어떤 영지는 전쟁으로 풀포기 하나 안 남고 재가 된 곳이 있다면, 또 어떤 곳은 그 전쟁으로 먹고 사는 곳이 있다. 또 어떤 곳은 아카넬의 영지같이 아예 강한 영지에 속해 있어서 전쟁과 무관하게 굴러가는 곳도 있다.

웨스테리안이 그런 영지다. 이 영지는 이타카르 가문이 대대로 지배하는 곳으로, 강한 무력으로 영지를 방비하고 그 안에서 상업을 번창시켰다. 외교술도 썩 좋은 편이라 작은 영토여도 상공업이 크게 번창했다.

대륙의 상인들이 모이는 곳이기도 하고 유행의 시작이 되는 곳이기도 하다.

"여기도 혹시 지배자가 드래곤이라든가 그런 건 아니죠?"

"순도 99.9999% 인간이거든?"

대륙의 강자가 다 드래곤이 유희 나온 건 아니구나. 아카넬이 말했다.

"그저 놀기 위해 나온 드래곤보다 순수한 인간이 훨씬 강할 때가 있지. 드래곤은 재미를 걸지만 인간은 일생 그 자체를 거니까."

하긴, 무지카나 아리네스도 그렇다. 특히 아리네스의 경우 단순히 국정 운영뿐만 아니라 음모와 모략에도 강한데, 그녀가 갖고 있는 지혜는 어지간한 드래곤 그 이상이다.

오히려 음모와 모략은 약자가 강자를 치기 위해 사용하는 것. 강자로 태어나 군림하는 게 당연한 드래곤은 가질 수 없는 거겠지.

이서릴은 내 어깨에 팔을 둘렀다.

"어디 갈래? 어디 가고 싶어?"

"간다면 이 도시 장인들이 운영하는 무기상이나……."

"안 돼."

그래, 안 되는군. 역시 안 된다고 할 줄 알았어.

"거기 말고는 가고 싶은 곳이 없어요."

"그래? 그러면 내 마음대로 정하지, 뭐."

그녀는 그렇게 말하고는 나를 끌고 어딘가로 향했다. 그녀가 향한 곳은 최고의 디자이너들이 모여서 옷을 만든다는 '살롱 드 아틀리에'였다.

하루 종일 쇼핑을 했다. 견본품이 몸에 맞으면 바로 구매했고, 맞지 않으면 바로 치수를 재서 예약했다. 이렇게 많은 옷을 입었다 벗어 보긴 처음이다. 머리가 빙글빙글 돈다.

이서릴의 얼굴에는 기묘한 열락이 피어오른다.

"재미있지, 재미있지?"

재, 재미있는 건가. 나는 옷을 벗었다 입었다 하는 것만으로도 버거울 지경인데.

그녀는 계속해서 옷을 쓸어 담았다. 구두를 맞추고 옷핀을 고르고 내게 어울리는 실크 리본들을 색색별로 산다. 그리고 거기에 매칭할 만한 모자들도 산다.

속에 입을 드로우즈나 코르셋도 잔뜩 집어온다. 그러고는 공간 마법이 든 가방에 바로바로 집어넣기를 수차례.

결국 나는 체력적으로 뻗어 버렸다.

"조, 조금 쉬면 안 될까요?"

"카페라도 가 있을래?"

카페는 차와 다과를 파는 곳이다. 내가 있던 알테리온 영지에는 없고, 알타미르나 이곳처럼 인구 유동이 많은 상업 도시에 생겼다고 들었다. 시간 죽이기는 좋다.

"여기서 쉬고 있어. 쇼핑 더 하고 올게!"

이서릴은 그렇게 말하고는 휭 가 버린다. 나는 멍하니 앉아서 코코넛 밀크를 시킨다. 아카넬은 다즐링. 생각해 보면 이 인간은 마시는 것도 늘 정해져 있다.

원칙을 지키는 게 마치 삶의 낙이라도 되는 양.

나는 테이블에 그대로 엎드렸다. 카페 안에 냉방 마법이라도 걸었는지 시원하다. 점원이 코코넛 밀크를 내려놓는다. 안에 얼음이 들어 있었다.

"어라?"

얼음은 비싸다. 놀라서 가격표를 보니 역시나 비쌌다. 아이고, 몰랐네. 아카넬이 말했다.

"1클래스 냉기 마법사들은 이렇게 카페를 만들어 장사하곤 하지."

"이 얼음도 마법으로 만든 거예요?"

"음. 표면 결정 상태를 보니 그런 것 같군."

이야, 마법이란 거 기초적인 것만 배워도 밥줄 끊어질 걱정 없다더니 딱 그렇다. 코코넛 밀크에 얼음만 좀 띄워 줘도 보통 음료 가격의 3배를 받는다. 마법사가 괜히 평민들의 등용문이 아니다.

천민이든 귀족이든 클래스를 올릴 수만 있으면 똑같이 대우를 받고, 특히 6클래스 이상은 아무리 출신 성분이 미천해도 여러 나라에서 귀족 작위를 주고 데려가려고 안달이 나 있다.

시원한 코코넛 밀크 향기가 비강을 채운다. 안에는 설탕을 넣었는지 달콤하다. 코코넛 과육도 씹히는데, 일부러 씹히는 맛이 있게 거칠게 갈아 넣은 모양이다.

'비싼 값을 하는구나.'

이런 게 행복인가 보다.

아카넬은 손을 뻗어서 입술에 붙은 내 머리카락을 집어 귀 뒤로 넘겼다.

너무 맛있어서 머리카락도 같이 마시고 있는지 몰랐다. 그가 피식 웃었다.

"이번에는 책 안 읽어요?"

내 말에 그가 답했다.

"별로 그럴 기분이 아니군."

저 인간도 독서에 기분을 타는 모양이구나. 매일매일 그냥 기계적으로 읽는 게 전부라고 생각했는데 그것도 아닌 모양이다.

"옷은 실컷 골랐나?"

"제가 골랐겠어요, 이서릴이 다 골랐지."

"누이, 아니 이서릴 경은 옛날부터 인간들이 만든 예쁜 것을 좋아했지. 광적으로 수집해 왔어. 네 물건에도 관심이 많더군."

"네, 그렇지 않아도 머리끈을 마음에 들어 하더라고요."

그가 내 머리끈을 한참 들여다보다 입을 열었다.

"엘의 기운이 느껴지는군."

"네. 안 받으면 안 보내준대서 받았어요. 원래는 왕비가 차는 왕관의 보석이에요."

그 말에 그의 입가가 살짝 굳었다.

"의미는 알고 받는 건가."

"그런 거 없다고 못 박았어요."

"……."

그는 대답 대신 차를 삼켰다. 그는 참 잘생겼다. 얼마나 잘생겼냐면 지금 지나가는 모든 사람들이 그의 얼굴을 힐끗힐끗 볼 정도로 잘생겼다. 우리에게 음료를 배달하던 점원들끼리 가위바위보 해서 누가 갈지 정하는 것도 봤다.

승자가 득의에 차서 그의 앞에서 우아하게 서빙을 했고, 아카넬은 팁 조금 주고 끝냈다.

수고했다는 말 한 마디라도 해 줄 것이지 참 야박하다. 우리 대공께서는.

그는 뭔가 망설이는 눈치더니 결국 입을 열었다.

"미안하다. 위험에 노출시켜서."

"그건 가니메데가 한 거지 당신이 한 게 아니잖아요."

"애초에 일족의 청원을 받지 않았다면 생기지도 않았을 일이었다."

처음이었다. 그가 누군가에게 사과하는 모습은. 그는 사과할 일이 없는 사람이었다. 물론 그게 그의 지위 때문도 있지만, 그 전에 그는 잘못이라는 걸 하지 않는 자니까.

느낌이 이상하다. 나는 웃음을 터뜨렸다.

"와, 살다 살다 당신에게 사과를 받아 보네요."

"잘못한 건 제대로 사과해야 하니까."

왜 이렇게 곧을까, 우리 대공께서는.

깊은 어둠이자 높은 어둠이며 별을 부수는 드래곤께서는 어째서 그리도 곧기만 할까.

나는 작게 한숨을 쉬었다.

"제가 사과를 받아야 할 자는 이미 목숨으로 갚았다더군요. 그러니 됐어요."

"용서하는 건가?"

용서하고 말 것도 없다. 이미 죽은 자 아닌가.

물론 가니메데가 죽었다고 해서 그 일이 없던 일이 되지는 않는다. 그러나 그렇다고 비운의 여주인공처럼 이불이나 끌어안고 살 수는 없는 일.

나는 드디어 용기를 냈다.

"어떻게 죽었어요? 왜 죽은 거죠?"

"이서릴의 말로는 너는 그에 대한 건 뭐든 듣기 싫어했다는 것 같은데."

공포가, 내 안의 어둠이 끈적끈적하게 내 팔을 붙잡는 게 느껴진다. 나는 코코넛 밀크를 벌컥벌컥 삼켰다.

탕!

크으, 맛 좋다.

"마무리를 짓지 않으면 안 되니까요. 그리고 이젠 들을 준비가 되었어요."

그가 손을 뻗어 내 머리카락을 쓸었다. 이번에도 입술에 붙은 건가 싶었는데 그냥 그는 쓸기만 했다. 마치 곧 사라질 석양을 만지듯 그는 조심스럽게 머리칼을 쓸어 주었다.

그의 입에서 나온 말은 나는 상상도 못 할 이야기였다.

9.

가니메데를 죽인 건 리버였다. 리버가 무슨 방법으로 죽였는지는 모른다. 아마 그의 마법으로 죽였겠지. 부상당해 마력을 많이 소진했다고 하나 그렇게 쉽게 죽일 수 있을 거라고는 아무도 몰랐다고 한다.

다만 이서릴이 패밀리어들을 시켜 레어에 가 본 바로는 비늘 하나 남지 않고 사라졌다고 했다.

그저 사방에 튄 피와 바닥에 쓰레기처럼 버려져 있던 드래곤의 내장 조각이 그 상황이 얼마나 참혹했는지 알려 주었다고 한다. 아카넬이 말했다.

"그곳은 이제 풀 한 포기 나지 못할 거다. 아크 드래곤의 마이너스적 사념과 피가 대지를 적셨으니까."

"원래부터 드래곤 피에는 독이 있다고 하죠?"

"마법에 쓰든 약에 쓰든 정제해야 해. 내장을 버리고 간 건 의외였어. 아마 고문 도중에 내장이 썩어 버린 것 같더군."

죽이고자 한다면 깔끔하게 죽일 수도 있었다. 그러나 굳이 고문까지 한 건 복수의 의미가 담겨 있는 거겠지.

'돌아가면 물어봐야겠네.'

이서릴이 많이 안심했다고 한다. 만약 그대로 두었다가는 로드가 만든 규율을 어기는 한이 있더라도 아카넬이 달려가 마무리를 지었을 거라고.

사실상 가장 큰 타격을 입힌 건 아카넬이었으니까.

'고맙다고 해야 할까.'

우선 미뤄 왔던 과제를 빨리 끝내야겠다. 지팡이 제작 말이지.

그때 내 머리카락을 만지던 아카넬의 손길이 멈춘다. 무슨 일인가 싶어서 돌아보는데, 그의 입술이 내 입술에 닿았다.

긴 입맞춤 내내 가슴이 저렸다. 가니메데가 했던 이야기가 떠올랐기 때문이었다.

물론 나한테 그런 짓을 했던 그의 말을 전부 믿을 수는 없었다. 그러나 그가 했던 말은 내가 그동안 줄곧 의문을 품어 왔던 곳을 날카롭게 찔러 버렸다.

'나는 정말 장난감일까.'

고작 장난감을 위해 그렇게 분노할 수 있을까. 그러나 그게 아니라면 어째서 아카넬은 처음부터 진실을 말해 주지 않았던 걸까. 나는 그에게서 입술을 뗐다.

두려워졌기 때문이었다.

내가 생각했던 것과 그의 진심이 다른 거라면, 거기에 휘둘린 거라면 정말 나 자신을 용서할 수 없을 것 같았기 때문이다.

나는 그에게 말했다.

'저는 당신들의 장난감이 아닙니다.' 라고.

결국 있는 힘껏 그를 밀어내고 말았다.

심장이 아팠다. 하지만 그것 외에는 할 수 있는 게 없었다.

바보다, 바보. 쓴웃음이 나왔다. 아카넬이 답했다. 그의 대답에 나는 조금 놀랐다.

Chapter 5
은혜로운 사체(死體)

1.

옛날에는 몰랐는데 요즘 들어 특기가 하나 생겼다.

아무 일도 없는 척 구는 것. 내가 그것만은 누구보다 잘 할 자신이 있다. 아카넬은 자신을 이렇게 힘껏 밀어낸 나를 향해 이렇게 말했다.

'그래, 지금은 이 정도 거리로 정하지.'

그러고는 한마디 덧붙였다.

'하지만 다음번에는…….'

그때 이서릴이 카페로 들어왔다. 다들 다 쉬었냐고, 또

돌자고 발랄하게 소리를 지르신 덕분에 나도 그도 이서릴의 페이스에 휘말렸다.

쇼핑을 끝내고 방에 돌아오니 남는 건 드레스 더미와 각종 구두와 모자들의 산이었다.

여기에 주문 제작한 것들은 더 많다. 아마 다음 주면 더 어마어마한 드레스의 산이 기다리고 있으리라.

피곤해서 침대에 누워 있으니 여자로 변한 이서릴이 바로 자면 피부 나빠진다고 또다시 정령들을 이용해 약탕을 만들었고, 나는 뒷목을 붙잡혀 끌려 들어갔다.

그렇게 일주일. 주문 제작한 드레스와 구두까지 다 받을 즈음 나는 얼굴도 몸매도 옷도 어마어마하게 패셔너블한 숙녀가 되어…….

'……대체 언제 보내 주는 거냐아아앗!'

그녀가 하는 거라고는 나를 약탕에 익사시키는 것과 옷 갈아입히기밖에 없다.

이 피도 눈물도 없는 냉혹한 뷰티 전도사 같으니라고. 이제 날 대장간으로 보내 줘! 그레이와의 내기도 남았다고!

나는 조심스럽게 그녀에게 말했다.

'저, 이제 괜찮아진 것 같아요.' 라고. 그녀는 마침 정령을 이용해서 내 발 뒤꿈치의 굳은살을 없애고 있던 중이었다.

"어, 어, 어? 아, 맞다. 너 돌아가야 하지. 하지만 아직 몸이……."

그녀의 관리로 인해 전보다 더 건강해졌다.

"……몸은 괜찮아졌지. 하지만 아직 정신이 불안정한……."

그녀의 미친 관리로 인해 나는 매우 제정신이 되었다. 또한 각종 하이힐의 종류와 구두 광택에 대한 묘리를 깨우쳤다.

"……정신도 말짱해졌지. 음."

이서릴의 눈썹이 움직인다. 어떻게든 이곳에서 그녀 전용 인형이 되어 달라고 할 방법이 없을까! 고민하는 눈치다.

그녀가 말했다.

"카이야, 평생 내 인형으로 살아 주면 안 돼?"

최소한 거짓말을 하려는 노력이라도 해 봐라! 이 코스메틱 악룡아!

그녀는 내 두 손을 붙잡고 마치 청혼이라도 하듯이 한쪽 무릎을 꿇었다.

"여기라면 안전해. 내가 너를 경국지색으로 만들어 줄 수 있어. 매일 먹고 씻고, 옷 사고 지내는 거야. 내가 다 해 줄게. 혹시 화장 지우는 거 귀찮니? 정령으로 지워 줄 수 있어.”

정령술은 참 부럽다. 그녀는 결혼반지 대신 호화 부티크 영수증을 돌돌 말아 내 손가락에 감았다.

“세상 모든 예쁜 것들이 다 네 것이야, 응? 응?”

크으, 결혼반지보다 파괴력이 강하다. 나도 이제 그녀 덕분에 새로운 쾌감(?)에 눈을 떴다.

“좋아요. 해요!”

나는 그녀의 손을 붙잡았다.

그리하여 1년 후, 우리는 모든 드래곤과 인간, 신수들 앞에서 영혼의 패션식을 거행했다. 웨딩드레스를 입은 두 여인을 모든 이들이 축복하였다. 그녀는 결혼반지 대신 각종 초호화 부티크의 회원권을 내 손가락에 감겨 주며 말했다.

“평생 백년해로하자.”

“그래요. 세상 모든 아름다운 것들은 우리 것이니까.”

두 사람의 행복 앞에서 약혼자인 아카넬조차도 한 수 접어 줘야 했으니…….

으어어어! 사라져라! 악마의 유혹이여!

나는 미래에 있을지도 모를 가능성 하나를 필사적으로 부정했다.

"죄송해요. 돌아가야 합니다. 이루어야 할 일이 있어요."

물론 이 말만으로는 그녀가 나를 안 보내 줄지도 모른다. 지금 이 순간에도 내가 왜 여기에 머물러야 하는지 이유를 찾고 있지 않으신가!

"장신구, 저한테 의뢰하실 거죠?"

"응?"

"제가 대장간으로 돌아가지 않으면 장신구를 못 만들어 드려요. 지난번에 샀던 그 드레스에 꼭 맞는 장신구가 없다고 엄청 불만 많으셨잖아요."

그녀의 동공이 흔들리기 시작했다.

"자, 장신구? 의, 의뢰 받아?"

"원래는 무기만 받지만 몇몇 손님들에게만 한정해서 받아요. 그 안에는 이서릴 님도 포함되어 있고요."

자, 이제 나를 붙잡아 둘 명분도 없겠다, 날 놓아 주면 당신이 원하는 장신구를 주문 제작도 가능하다! 그것도 최고 여성 장인의 손에서!

"어떠세요?"

내 말에 그녀가 대답을 망설였다.

2.

그렇게 자유를 얻었다. 또한 이서릴의 산더미 같은 의뢰도 함께 받았다. 그녀는 대륙 간 공간 이동 게이트로 나를 보내 주었다. 아카넬이 마땅치 않은 표정을 지었지만 어쩌겠나. 나도 빨리 편안하게 집에 돌아가고 싶다.

집에 돌아오니 어째서인지 집 각도가 바뀌어 있었다.

대장간은 멀쩡한데 이상하게 우리 집 각도가 조금 틀어져 있다. 분명히 담장과 수평으로 서 있지 않았나? 왜 비스듬하지?

'기, 기분 탓인가?'

문을 여니 집안 가구도 좀 달라져 있었다. 내 눈앞에 있는 저 테이블은 내가 아는 그 테이블이 아니다. 도색은 똑같지만 뭔가 이상하다. 뭔가 굉장히 낯설다.

'거기다가 다들 어디 갔지?'

청안도 셀룬도 보이지 않았다. 나는 모자를 내려놓고 소파에 앉아 멍하니 두 사람이 오길 기다렸다.

'어라, 소파도 다른 소파네.'

달빛 모루족들이 만든 것에 비해 한참 부족하지만 못을 박지 않고 조립한 흔적이나 기존에 있는 소파의 모습을 고대로 따라한 흔적을 봐서는 꽤나 닮게 만들려고 노력은 한 모양이다.

'뭐지?'

마무리가 어설픈 건 젊은 장인들에게 보이는 공통적인 특징이다. 그렇다고 해도 기본 손재주는 인정할 만하다. 달빛 모루 공방 사람들이 만든 것은 그저 눈짐작만으로 따라 할 수 있는 물건이 아니니까.

그때 문에 벌컥 열렸다.

"어, 어어…… 아가씨!"

청안이다. 그것도 침대 매트리스를 등에 지고 있지 않나.

"무, 무슨 일이야, 청안!"

문밖에서 소리가 들린다.

"야, 야. 어서 가."

청안이 게걸음으로 어찌어찌 빠져나온다. 그 뒤로 셀룬이 보였다. 셀룬도 놀라서 나를 바라보았다.

"아, 아가씨 오셨다!"

"전보다 공용어가 자연스러워졌네요, 셀룬."

청안이 말을 잘 가르쳐 준 모양이다. 사이좋은 두 신수들을 보니 기쁘다. 우애 좋은 아들 둘 둔 어머니의 기분이다.

"웬 매트리스예요?"

청안이 눈을 데굴데굴 굴린다.

"그, 그, 그, 그게…… 지, 지, 집을! 리모델링하고 있었습니다! 아가씨가 너무 오래 자리를 비우셔서요. 겸사겸사 가구도 전부 새로 바꿔 보려고요. 와하하하!"

노력은 가상한데 어딘가 수상하다는 건 변함이 없다.

대체 내가 나갔다 온 사이에 무슨 일이 있었던 거지? 그렇다고 재산이 없어진 것도 아니고 두 사람이 버티고 있는데 강도가 들었을 리도 없다. 한참을 고민해 봐도 모르겠다.

'뭐… 좋은 게 좋은 거지, 뭐.'

"가구는 누가 만든 거죠?"

셀룬이 손을 들었다.

"부순 것들을 기반으로 내가 만들었다. 무슨 문제라도."

"부숴…요?"

청안이 갑자기 기침을 크게 하는 게 아닌가.

"쿨럭쿨럭! 아, 아가씨. 팔이 아파서 그런데 이거 올리러 가 봐도 되겠습니까?"

고개를 끄덕이자 둘은 재빨리 올라간다. 올라가면서 셀룬이 말했다.

"이제 나도 이곳의 제자이니 청안처럼 편히 말해도 좋다."

반말하라는 거군.

둘은 그렇게 내 침실로 올라갔다. 위에서 뭔가 때리는 소리가 들렸다. 가구 소리는 아닌 것이, 살을 때리는 소리다. 대체 왜 사이좋던 둘이 저 위에서 서로를 패고 있는 것일까.

내가 뭔가 착각한 걸까.

마침내 둘이 내려왔다.

"편히 머물도록, 스승!"

그 말에 왠지 감동이 밀려왔다. 전에 만났던 자칭 제자라는, 선조가 엘프인 그 꼬맹이 녀석보다 귀염성이 있지 않나.

"응!"

상관없겠지. 그 녀석은 무술 사범 같은 느낌으로 가르쳤고, 이 사람은 공방의 기술을 전수하기 위해 정식으로 들인 내 직계 제자니까.

나는 내 방으로 올라갔다. 방 안은 생각보다 깔끔했다. 침대고 옷장이고 전부 새로 만들어졌다는 것만 제외하면.

'아, 그러고 보니 바닥도 새로 했네.'

대체 뭘 얼마나 어떻게 하려고 이 층 바닥을 뜯은 걸까. 이해가 가지 않지만 뭐, 좋은 게 좋은 거지.

나는 작업복으로 갈아입었다. 이서림 덕분에 예약이 쌓였지만 그보다 먼저 하고 싶은 게 있었다.

'지팡이.'

지식도 충분히 쌓였고, 기술도 이만하면 되었다. 칼이나 할버드 같은 것이 아니라서 아쉽지만 이것도 좋은 경험이니까. 리버가 했던 그 의뢰에 이제 종지부 찍을 때가 되었다.

작업실에서 하루 종일 마법 회로를 새겼다. 리버가 미리 만들어 둔 도면을 따라서 조각칼을 움직인다. 같은 도면이라 해도 뜻을 알고 깎는 것과 모르고 깎는 것은 천지 차이다.

이제는 안다. 리버가 사용하려는 지팡이가 어떤 건지. 그는 살아 있는 거대한 마법의 정수를 만들고자 했다.

아크 드래곤의 심장은 마치 대양과 같다. 끊임없이 마력이 들어오고 끊임없이 마력이 나간다. 설령 거대한 천재지변을 일으킨다 하더라도 마력이 바닥나는 일이 없다. 그들에게 타격을 주려면 지난번 아카넬이 가니메데에게 했듯이 용언을 막고 팔다리를 전부 지져 버리고 재생 못 하게 두어야 한다.

그 정도 급의 일이 아니면 멀쩡한 게 드래곤이다.

리버는 이 세계에 있는 마력을 숨 쉬듯이 받아들이고 의지만으로 마법이 발현될 시스템을 원했다. 그게 바로 지팡이.

'이런 거대한 걸 왜 나한테 맡겼나 몰라.'

나야 회로 하나하나가 무슨 뜻인지 이해를 할 뿐이지 이걸 창작하거나 응용하라고 그러면 절대로 무리다.

아무리 신의 자리를 넘보는 대마법사가 옆에서 직접 과외를 해 줬다고 해도 나는 그냥 주입식 교육을 받은 것뿐이다.

일주일을 앉아서 시간을 보내고 나니 제법 그럴듯한 모양이 되었다.

"음, 완성했다."

물론 초기 단계만 완성했다는 거지 완전한 완성이 아니다. 이걸로 거푸집도 만들어야 하고 거기에 끓는 쇳물을 부어서 주조해야 진정한 완성이라 할 수 있다.

거기다가 이게 까다로운 것이, 이렇게 큰 주조물은 여러 부위로 잘라서 각자 틀에 부은 후 다 굳고 나면 각자 꺼내서 합체를 하는 게 보통이다. 그러나 이건 그런 방식이 불가능하다.

지팡이 자체가 하나의 생물이라고 할 수 있다.

내려가니 셀룬이 흑해의 진흙을 반죽하고 있었다.

서쪽에는 검은 바다라고 불리는 흑해가 있다. 그곳 심해에는 독특한 마력을 품고 있는 흙이 있는데, 어떠한 열에도 변형되지 않는다.

'생각보다 반죽이 잘되었는데?'

내가 손으로 했다면 이 정도로 찰지게 반죽하진 못했을 거다.

과연 머메이드! 오오, 물을 다루는 종족!

"대단한데요."

"별거 아니다. 아무나 다 하는 일이다."

그렇게 말하면서 얼굴은 붉히고 있다.

이제 본격적으로 작업에 들어가 볼까나. 팔을 걷어 올리는 데 청안이 뛰어왔다.

"아가씨! 또 리버 놈이!"

청안의 머리 위로 새카만 고양이가 튀어 내려온다.

"후와. 안 늦게 달려왔네!"

고양이는 어느새 소년의 모습으로 변한다. 기분 탓인가. 마지막으로 보았을 때와는 뭔가 달라 보인다. 자세히 보니 그의 발밑에 있는 그림자가 유달리 새까맣다. 자세히 보지 않았으면 눈치채지도 못했을 변화다.

"누나, 주조로 하게? 지난번에는 통짜로 깎으려고 하지 않았어?"

"그것도 고민했는데, 그랬다가는 지팡이가 리버의 마력을 감당하지 못하겠더라고요. 제가 설계도를 제대로 이해한 거 맞죠?"

“뭐, 누나가 그렇게 판단했다면 그게 맞는 거겠지. 이쪽이야 환영이야. 그때보다 지금 난 더 강해졌거든. 원한다면 신이라도 될 수 있을걸?”

과장도 심하셔라.

리버가 강한 건 알고 있지만, 그리고 모든 마법사들의 목적이 세상의 비의를 깨닫고 신과 똑같은 자리에 올라가는 거라는 것도 알고는 있지만 신이라니. 에이, 못 믿겠다.

리버는 커다란 유리병을 꺼내서 내려놓았다. 유리병 안에는 검붉은 액체가 출렁거리고 있었다.

“이게 뭐죠?”

“드래곤의 피야. 독성을 빼느라 좀 오래 걸렸어. 누나, 점토에 섞어서 쓰도록 해. 주조하는 동안 흡수될 거야. 아, 그리고 이것도.”

그가 거대한 비늘 여섯 개를 내려놓았다.

“이것도 가공하느라 고생했어. 용광로에 녹이면 바로 철괴처럼 녹을 거야. 융해제는 이걸 쓰고.”

그러고는 투명한 액체를 꺼낸다.

“이, 이건 또 뭐예요.”

“가니메데 안구에 고여 있던 액체, 드래곤의 눈물이라고 하면 이해되려나.”

“그거 영약이잖아요!”

"응. 마음껏 써. 내가 잡은 거니까."

우와… 기분 참 이상하다.

나한테 그런 짓을 하려던 그 새끼가 무슨 정육점 돼지마냥 부위별로 도축돼서 올라오고 있다. 리버가 명랑하게 말했다.

"완성되면 누나한테도 좀 떼 줄게. 뼈랑 가죽 일부는 그레이 놈 주긴 했다만."

"그레이요?"

"그 녀석이 목숨 걸고 밀고했거든."

그레이는 그렇게 대박이 났다.

그래, 인정한다. 아크 드래곤 VS 이름 모를 애새끼 마법사. 둘 중 하나에 배팅하라고 하면 누구라도 아크 드래곤에 배팅하지 애새끼 마법사에 배팅하겠나.

"같이 따라오는 게 조건이었거든. 만약 거짓말한 거면 바로 혀를 뽑아 버리겠다고 했어."

"그래서 알았다고 하고 따라 온 거예요?"

"응, 좋다고 오더군. 드래곤이 무슨 소리를 내는지 궁금하대."

그 인간다운 말이군. 그렇다고 해도 만약 그때 리버가 졌으면 본인이 어떻게 되었을지 생각은 한 걸까.

그가 말했다.

"드래곤 슬레이어에는 뼈뿐만 아니라 드래곤 하트도 필요하다고 들었는데……."

이건 아니다. 나는 그에게 답했다.

"그거 지팡이에 넣어야 하잖아요."

"하지만 누나가 드래곤 슬레이어를 만들려면 필요하잖아."

고작 지팡이 한 자루의 대가가 드래곤 하트라니.

물론 고맙다. 날 위해 드래곤 하트까지 포기해 주는 리버가 고맙기만 하다. 그러나 이건 다른 문제다.

"과한 대가예요. 지팡이에 넣어요. 거기다 이거라면 대륙 최고의 지팡이를 만들 수 있잖아요."

내가 원하는 건 최고의 무기지 내 개인적인 계산 때문에 타협한 물건이 아니다. 무기는 그 사람의 목숨을 지키고 상대를 베어 내기 위해 있는 것.

부모가 자식을 버려도 칼은 주인을 버리지 않는다. 세상이 모두 그를 버린다고 해도 무기는 언제나 주인 편이다.

내가 답했다.

"거기다가 줘도 지금의 제 실력으로는 만들지 못해요."

나는 그레이를 만났고 더 높은 경지를 보았다. 덕분에 내 실력이 얼마나 멀었는지 깨달아야만 했다. 나는 아직 애송이다. 단 한 번의 기회를 이렇게 날리고 싶지 않았다.

드래곤 하트는 리버의 것이다.

나 대신 복수하기 위해서 리버가 찾아냈고, 사냥했고, 도려낸 거다.

거기에 내 권리를 주장할 수는 없다. 그걸 주장하기 위해 더 강하게 만들 수 있는 무기를 타협한다면 그건 장인으로서의 나를 부정하는 일이 될 테니까.

나는 청안을 시켜 화로에 불을 올렸다. 드래곤의 신체다. 처음 사용해 보는 재료다. 이 재료에 대해 알려진 게 거의 없다. 모르는 건 직접 시행착오를 겪어 보는 수밖에.

앞으로 꽤나 힘든 작업이 될 것 같다. 그러나 성공한다면 리버는 아크 드래곤을 확실히 뛰어넘겠지. 다친 아크 드래곤이 아닌 진짜 제대로 된 아크 드래곤을 사냥할 수 있게 된다.

그게 어떤 결과를 가져올지는 모르겠다.

나는 그저 장인으로서의 일을 할 뿐이다.

3.

작업 내내 기가 막혀서 웃음이 나왔다. 내가 재료 삼아 녹이고 있는 건 나를 그 꼴로 만들었던 놈의 사체다.

"사부, 즐거워 보인다."

즐거워? 내가? 그냥 기가 막혀서 웃고 있을 뿐인데? 부정하자 그가 말했다.

"아니, 사부는 즐거워 보여. 작업 내내 도파민과 엔돌핀이 분비되고 있으니까."

그러고 보면 셀룬은 나도 모르는 체액 이름들도 잘 알고 있다. 일반 노예라면 알기 힘든 일인데 말이지. 물어보니 그가 답했다.

"주인 중에 해부학을 좋아하는 자가 있었다. 그가 직접 메스로 노예 몸을 갈라 가며 가르쳐 주었다."

대체 셀룬의 주인들은 어떤 이들이었던 걸까.

해부를 좋아하는 건 흑마법사들이 많이 하는 일이니까 음, 리버 같은 주인일까. 아니면 아카넬 같은 주인일 수도 있다. 아카넬은 궁금한 건 모두 알아내야 직성이 풀리니까.

"산 채로, 죽은 채로?"

"산 채로 갈랐다."

음, 리버 쪽이군. 그가 말했다.

"사부는 불리한 질문을 받으면 다른 질문을 해서 상황을 피하려고 한다. 리버에게 이야기 들었다. 원수가 죽었고, 그 원수의 시체를 난도질하며 욕보이고 있지 않나. 기쁜 일 아닌가."

그의 말이 가슴을 찌른다. 나는 주먹을 쥐었다 펴기를 반복했다. 다른 이야기를 꺼내려고 했지만 그를 속이기 어려울 것 같다. 무시하고 그냥 손을 움직이려고 했지만 손끝이 둔해졌다.

"그런 건 깊이 생각해 본 적 없는데……."

"회피하는 건가. 복수는 즐거운 일인데 회피할 이유가 있나."

"그때 그를 따라가지 않았으면 여기까지 안 갔을 수도 있어. 그냥 아카넬 곁에 있었다면 조용히 돌아왔을 수도 있었지."

"이해가 가지 않는다. 죄책감을 느끼는 건가."

아니다, 죄책감이 아니야. 복잡하다. 이런 감정은 나로서도 처음이다. 그를 생각하면 토악질이 나오면서도 내 자신이 혐오스러워졌다. 왜 그때 그를 따라갔을까. 뭔가 이상하다는 건 처음부터 느꼈다. 그러면서도 왜 제대로 그때 거절하지 못한 걸까.

만약 그때 내가 좀 더 처신을 잘했다면…….

셀룬이 말했다.

"사부는 잘못한 게 없다."

"음?"

"따라해 봐라. 그 새끼는 죽을 짓 했다."

그걸 따라해 본들 무슨 소용일까. 그러나 셀룬은 올곧은 눈으로 나를 응시했다. 내가 그 문장을 뱉지 않으면 시선을 돌리지 않겠지.

"……그 새끼는 죽을 짓 했다."

"그럼 된 거 아닌가. 사부는 잘못한 게 없다. 그놈은 죽을 짓을 해서 죽은 거다. 거기에 왜 사부가 죄책감을 가지려고 하나. 솔직하게 기뻐하면 되지 않나. 실제로도 기뻐하고 있지 않나."

그 순간, 눈물이 툭 떨어졌다. 나는 거푸집에 닿을까 봐 재빨리 손등으로 눈물을 닦았다.

가슴 어딘가가 울렁거렸다. 세상이 뒤집히는 기분이었다.

한번 무너진 틈새를 타고 계속해서 울음이 터져 나왔다. 죽고 싶었다. 내가 여자라서, 내가 인간 종족이어서 죽고 싶었다. 그를 죽이고 싶었다. 그 거북하고 끈끈한 어둠이 내 것이라고는 믿기지가 않았다. 인정하는 것조차 어려웠다.

"나는 그가……."

그가 증오스럽다. 그리고 그에게 그런 마음을 품게 만든 나 자신도 싫었다. 내 육체가 싫었다. 내 성별이 싫었다. 차라리 남자였다면 그는 나를 어떻게 대했을까.

그렇다고 해도 나는 잘못이 없다.

천천히 숨을 몰아쉬었다. 눈물이 멈추지 않는다. 숨을 열심히 몰아쉬어 본다. 쉽지 않았다. 그러나, 그래도, 난…….

"……그가 고문당해서 기뻐."

아카넬이 놈의 팔다리를 하나하나 짓뭉개고, 태우고, 썩게 만들었던 그 과정이 기뻤다. 마치 바퀴벌레라도 대하는 양 하나하나 혐오를 담아 놈을 고통스럽게 했던 게 기뻤다.

지금도 자다가 깜짝깜짝 깬다. 그때면 그 장면을 상상한다.

놈이 고통스러워하던 그 표정을. 아카넬이 놈을 괴롭히며 기뻐하지도 않고 연민하지도 않고, 그저 혐오만을 담아 하나하나 괴롭혔던 그 모습을.

"그리고 그가 죽어서 기뻐."

그놈과 같은 공기를 쉬지 않아서 기뻤다. 리버가 목숨을 끊었다고 했다. 내가 당한 고통만큼 리버도 당했을 테니 보복이야 당연한 수순이다. 이렇게 예쁘게 뼈와 살과 피와 근육과 안구와 심장을 발라내서 기뻐.

'솔직해지자. 나는 리버가 고마웠던 거야.'

그를 죽여 준 리버가 기뻤다. 이제 더 이상 어둠을 두려워하지 않아도 된다. 저 문 끝에서 그놈이 오지 않을까 두려워하지 않아도 된다. 실현 불가능하다는 걸 알아도, 그게 현실적으로 말이 안 되는 걸 알아도, 나는 두려워했다.

이서릴의 방 안에서 벌레처럼 팔다리가 찢겨 누워 있을 때 저 문 끝을 한참이나 응시해야 했다. 순간 이동 마법으로 그가 갑자기 들어오면 어떡하지. 자살해야 할까. 죽으면 끝날까. 패닉에 빠져야 했다. 이 과정에는 아무런 논리적 연계도 없었다. 알고는 있었다. 하지만 생각하는 걸 멈출 수 없었다. 뇌에 정지 버튼이 있었다면 나는 몇 번이나 눌렀으리라.

식물인간이 될 때까지 계속 눌렀겠지.

그걸 뭉개 준 리버가 고마웠다. 그랬기에 드래곤 하트를 받을 수 없었다.

이것은 오롯이 리버의 것이 되어야 했다.

장인 정신이라 변명했지만 사실은 달랐다. 고마웠다.

그는 내 밤을, 공포를 지켜 줬으니까.

후우, 깊게 숨을 내쉰다.

"그러네. 복수란 건 정말 상쾌하네. 왜 다들 복수는 허무한 거고, 아무것도 낳지 않는다고 하는지 몰라."

"그런 말을 할 수 있는 건 가해자나 아니면 진짜 억울해 본 적 없는 이들뿐이다."

인정하고 나니 드디어 손이 움직이기 시작했다.

"셀룬은 복수하고 싶은 사람 있나요?"

"있다. 하지만 살아 있는지 죽었는지는 모르겠다. 언젠가 만난다면 반드시 죽일 거다."

그의 표정이 고통스럽게 일그러졌다.

4.

거푸집이 식기를 기다리는 동안 이번에는 이서릴에게 줄 장신구를 제작했다. 그린 드래곤인 그녀에게는 금속보다는 나무가 더 어울린다.

조각도를 들고 이리저리 조각해 본다. 이번에 만들 건 나비다. 그걸 보고 있던 셀룬이 물었다.

"아카넬 건가? 너무 여성스러운데."

"아뇨, 다른 사람 줄 거예요."

말하고 나서 나는 입을 다물었다. 반말을 하기로 했는데 습관이라는 게 무섭다. 그는 개의치 않고 말했다.

"아카넬에게는 답례하지 않나? 그 상황에서 구해 준 건 그자 아닌가."

알고 있다. 아카넬에게도 뭔가 답례를 하고 싶다. 하지만 내가 답례할 게 과연 있을까? 그가 원하는 거라고는 오래

된 책 정도다.

“솔직히 말하면 아직도 그가 무서워요.”

“그는 가해자가 아닌데도?”

그저 같은 드래곤이고, 같은 남성체라는 것 외에는 공통점이 없다. 거기다 그는 나를 구했다. 그 위험한 순간에 나서 준 게 그다. 그런데도 그가 두렵다.

빌어먹을.

논리적이지 않다는 건 알고 있다.

그저 그를 보고 있으면, 그 강인한 팔과 단단한 어깨를 보고 있으면 자꾸만 몸이 움츠러든다.

‘극복…해야 해.’

하지만 어떻게? 방법이 생각나질 않는다. 생각하는 내내 내 손은 꾸준히 움직여 나비 날개를 완성했다. 나는 날개 결을 따라 구멍을 뚫었다. 그러고는 특수 용액에 담갔다.

용액을 먹고 나무가 단단해지는 동안 구멍에 맞춰 보석을 깎았다. 각종 색의 보석들을 다 깎은 후에 나무 나비를 뺐다.

“말려 줘요.”

셀룬이 바람의 정령을 불러 말리도록 시킨다. 그의 특기는 물의 정령술이고 상급 물의 정령까지 사용할 수 있지만, 바람의 정령도 하급까지는 사용할 수 있다.

다 마르자 나비를 그에게 건넸다.

"힘줘 봐요."

"부서지면 아깝다."

"괜찮아요."

내 말에 셀룬이 힘껏 힘을 준다. 그러나 날개는 끄떡하지 않았다. 셀룬이 놀란 눈으로 말했다.

"이상하다. 내 힘은 강철도 꺾는데."

"특수 용액을 썼거든요. 마탑에서 나온 건데, 음… 마탑은 마법 연구소라고……."

"그건 알고 있다."

"거기서 파는 특수 용액들을 사용하면 평범한 나무도 이렇게 바꿀 수 있어요. 중요한 건 건조 과정이죠. 방금 정령을 이용한 건……."

그를 가르치는 건 즐겁다. 남에게 가르친다는 건 나 역시도 배워 간다는 거니까.

나는 미리 깎아 놓은 보석들로 나비 날개 구멍을 채워 넣었다.

나무 나비는 어느새 수십 개의 보석을 채워 넣은 찬란한 브로치가 되었다.

"우와, 아가씨! 이렇게 아름다운 건 처음 봐요!"

마침 마실 걸 들고 온 청안이 말했다. 나는 청안에게 부탁했다.

"타지 않게 열만 가할 수 있어요?"

"물론이죠."

청안은 나무에 열을 가한다. 나무의 습기가 증발하며 부피가 줄어들기 시작했다. 나무가 쪼그라듦과 동시에 용액이 스며 나오며 보석을 끈끈하게 고정시킨다.

"이제 바로 식혀요."

"네."

청안은 이제 열을 빨아들인다. 차가워지며 나무가 원래 부피로 돌아온다. 그러나 한번 박힌 보석은 이제 빠져나가지 않는다.

혼자 했으면 꽤나 복잡한 과정을 거쳤어야 했는데, 둘 덕분에 이음새 하나 없이 멋진 나비 브로치가 완성되었다.

'대공에게는 뭘 해 주지.'

생각 같아서는 리버에게 받은 비늘로 뭔가를 해 주고 싶었지만 엄청난 실례 같기도 하다.

우리에게야 최고의 재료인 드래곤의 비늘을 사용한 거지만, 아카넬 입장에서는 동족의 사체로 만든 물건이다. 이게 참 미묘하다.

아무리 나라도 누가 사람 뼈로 장신구 만들어서 선물해 주면 기분이 참 이상할 거 같으니까.

'아아아, 모르겠다. 모르겠어.'

대체 그에게는 뭘 답례해야 할까.

5.

거푸집이 슬슬 다 식을 때가 되었다.

나는 끌과 망치를 쥐고는 깊게 숨을 쉬었다.

'한 번에 깨야 해.'

잘못 깨면 안에 있는 물건에도 손상이 간다. 하나, 둘, 셋 하면 깨는 거다. 집중.

'하나, 둘, 세……!'

"누나아아!"

깨, 깰 뻔했어. 깰 뻔했다고! 집중도 안 했는데 날릴 뻔했어!

놀라서 돌아보는데 담장 위에서 고양이 리버가 폴짝 뛰어내렸다.

"그런 중요한 일에 왜 날 빼놓는 거야."

"아직 완성 아닙니다. 이거 거푸집에서 꺼내도 마무리가 남았다고요."

"마무리는 나랑 같이 해도 돼. 지금부터 드래곤 하트를 안착시켜야 한다고."

드래곤 하트.

보통 사람이라면 감히 다룰 수도 없는 마력의 결정체다. 그가 건네준 피나 비늘도 중화하는 과정을 거쳤다. 아마 드래곤 하트도 그에 맞게 조율했겠지.

리버는 인간의 모습으로 변한다.

"헤헷. 보고 싶어? 드래곤 하트?"

그거 보면 내 평정심이 흔들릴 것 같다.

"일단 거푸집에서 꺼내죠. 어떤 지팡이가 만들어졌을지 궁금하지 않아요?"

"설계도대로 만들었겠지, 뭐."

흐음, 과연 그럴까? 내가 의기양양한 미소를 짓자 그가 아이처럼 방방 뛰었다.

"보여 줘. 보여 줘."

나는 끌을 가져다 댔다.

"셋을 세면 꺼내는 거예요."

리버가 말했다.

"하나."

내가 말했다.

"둘."

약간의 침묵.

우리 둘은 서로의 얼굴을 바라보며 동시에 외쳤다.

"셋……!"

타앙~

〈다음 권에 계속〉